flehen

Symphonie
Der
Unterwerfung
-Teil Eins-

CD Reiss

Aus dem Englischen von Franziska Popp

ISBN-10: 1942833148
ISBN-13: 9781942833147

Auf der Höhe der letzten Note, als meine Lunge noch angefüllt war und ich von reiner physischer Kraft zu emotionalen Stößen wechselte, wurde ich von der Erinnerung an den Traum eingeholt, den ich letzte Nacht gehabt hatte. Wie die meisten Träume hatte auch dieser keine richtige Handlung. Ich hatte auf meinem Rücken gelegen, auf einem Flügel und zwar auf dem Dach des *Hotel K.* Ungeachtet der Tatsache, dass das echte Hotel keinen Flügel auf dem Dach hatte. Ich war trotzdem dort und von der Hüfte abwärts nackt, während ich mich auf meinen Ellbogen abstützte und meine Knie weit gespreizt waren. Weiter als es überhaupt menschenmöglich war. Kunden tranken ihre 30 Dollar Drinks und beobachteten, wie ich sang. Das Lied hatte keine Worte, aber ich kannte es gut, und als der fremde Mann mit dem Kopf zwischen meinen Beinen anfing, mich zu lecken, sang ich härter und härter, bis ich schließlich mit einem durchgewölbten Rücken und durchtränkten Bettlaken aufwachte, während ich noch immer am mittleren C festhielt, als würde mein Leben davon abhängen.

Wie in dem Traum, als ob mich ein Fremder auf dem nicht-existierenden Flügel befriedigen würde, hielt ich auch jetzt an der letzten Note unseres Liedes fest. Ich klammerte mich an diese Note bei allem, was mir heilig war, und holte alles aus meinem Zwerchfell heraus, fühlte wie das Lied die Knochen meines Brustkorbes zum erschüttern brachte und wie mir der Schweiß übers Gesicht lief. Diese Note gehörte mir. Der Traum hatte es mir vorhergesagt. Sogar nachdem Harry bereits aufgehört hatte an den Saiten zu zupfen und Gabbys Tasten schon keinen Ton mehr von sich gaben, krächzte ich noch immer diese letzte schmerzhafte Vollendung heraus, als ob ich mich mit allem, was ich hatte, an der Kante eines Abgrundes festkrallen müsste.

Als ich nun meine Augen in dem dunklen Club öffnete, wusste ich, dass ich sie hatte. Alle starrten mich an, als hätte ich gerade ihre Seelen herausgerissen, in Umschläge verpackt und per Eilmeldung zurück zu ihren Müttern geschickt. Sogar in diesen wenigen Sekunden der absoluten Stille, wenn sich die meisten Sänger bereits Gedanken machen würden, ob sie ihre Zuhörer verloren hatten, wusste ich, dass dies bei mir nicht der Fall war; sie brauchten einfach nur die Erlaubnis zum Applaudieren. Sobald ich lächelte, war die Erlaubnis erteilt und alle fingen wie wild an zu klatschen.

Unsere Band, *Spoken Not Stirred*, hatte die Gäste im *Thelonius* beeindruckt. Ein Jahr, in dem wir Lieder geschrieben und einstudiert hatten und ein Monat, in dem wir versucht hatten, einen Fuß in die Tür zu bekommen, hatte sich hier und jetzt endlich ausgezahlt.

Die Zuhörer. Nur für sie. Für sie nahm ich das alles in Kauf. Für diese Momente hatte ich alles andere ignoriert, abgesehen davon, wie ich ein Dach über meinem Kopf und das Essen im Kühlschrank behalten konnte. Ich wollte nichts von ihnen außer dem Applaus.

Ich verbeugte mich und verließ dann die Bühne, der Rest der Band hinter mir. Harry rannte zur Toilette, um sich zu übergeben, wie immer. Ich konnte noch immer den tobenden Applaus und die stampfenden Füße hören. Der Raum war mit hundert Leuten angefüllt, aber es klang nach eintausend. Ich wollte den Moment nutzen, um einmal in etwas anderem zu

baden als der Enttäuschung und dem Versagen; Gefühle, die
einfach Hand in Hand mit einer Karriere in der Musikindustrie
gingen, aber ich hörte Gabrielle neben mir, wie sie mit dem
Daumen und Zeigefinger ihrer rechten Hand auf den Tisch
klopfte. Ihr Gesichtsausdruck war leer von Emotionen und ihre
Augen so groß wie Untertassen, als sie in eine bestimmte Ecke
des Raumes starrte. Ich folgte ihrem Blick zu einem dicken,
fetten Nichts. Es war nur eine Ecke, aber sie hielt ihren Blick
darauf gerichtet, als ob dort ein Spiegel stehen würde, der ihre
tiefsten Gedanken zeigte und ihr nicht gefiel, was sie dort zu
sehen bekam.

Ich blickte zu Darren rüber, unserem Schlagzeuger. Er sah
auch mich an, dann seine Schwester, die ihre Finger in der Art
und Weise schon seit ihrer Pubertät bewegte.

»Gabby«, sagte ich.

Sie antwortete nicht.

Darren stupste gegen ihren Oberarm. »Gabs? Noch alle
Tassen da?«

»Fick dich, Darren«, sagte Gaby gelangweilt, ohne ihre
Augen von der leeren Ecke zu nehmen.

Darren und ich schauten uns an. Damals, auf der Schule
für Musik und darstellende Künste in L.A., waren wir noch ein
Paar gewesen. Die erste Liebe für uns beide, und sogar noch
nach dem recht sanften Schlussmachen hatten wir es geschafft,
unsere Freundschaft zu vertiefen. Bis hin zu dem Punkt, dass
wir auch ohne Worte kommunizieren konnten.

Wir sagten uns gegenseitig, mit der Hilfe unseres
Gesichtsausdruckes, dass Gabby wieder Probleme hatte.

»Wir rocken ja so was von!« Harry schmiss seine Faust
in die Höhe, sobald er das Badezimmer verlassen hatte, noch
immer damit beschäftigt mit der anderen Hand seine Hose
zuzumachen. »Du warst herausragend.« Seine Faust kollidierte
mit meinem Oberarm, ohne dass er bemerkte, was mit
Gabby los war. »Du hast mein Herz bei >Split Me< ein wenig
gebrochen.«

»Danke«, sagte ich emotionslos. Ich fühlte Dankbarkeit,
aber wir hatten im Moment andere Probleme. »Wo ist Vinny?«

Unser Manager, Vinny Mardigian, der in diesem Moment erschien, als ob wir ihn heraufbeschworen hätten, lächelte übertrieben freundlich zu uns herüber. So ein Vollpfosten. Ich konnte ihn wirklich nicht ausstehen, aber er schien selbstbewusst und kompetent, als wir ihm zum ersten Mal begegnet waren.

»Bist du zufrieden?«, fragte ich. »Wir haben alle unsere Tickets zum vollen Preis verkauft. Vielleicht müssen wir ja dann nächstes Mal, wenn wir auftreten, nicht auch noch bezahlen?«

»Hallo, Monica SexyHexy.« Das war sein Spitzname für mich. Dieser Typ hatte die Persönlichkeit einer Mülldeponie und den Tatendrang eines Haies in blutverseuchtem Gewässer. »Ich freue mich auch, dich zu sehen. Ich habe die Performer's Agency am Telefon. Der dazugehörige Kerl steht gleich vor der Tür.«

Großartig. Ich brauchte die Unterstützung der Rinkydink Agentur genauso, wie ich ein Loch im Kopf brauchte. Aber ich war eine Künstlerin, und es wurde davon ausgegangen, dass man, was auch immer einem die Industrie anbot, mit einem Lächeln und weitgespreizten Beinen akzeptierte.

Vinny konnte natürlich nicht sein verdammtes Maul halten. Er war mehr als angetan von der Performer's Agency und von dem weltweiten Ruhm, von dem er dachte, dass die Agentur ihn uns verschaffen könnte. Er erkannte einfach nicht, dass ein halber Schritt nach vorne fast genauso gut war, wie ein ganzer Schritt nach hinten. »Du hast eine ganze Gruppe von Menschen da draußen, die nach einer Zugabe schreien. Wenn hier jeder seinen Job macht, dann ist auch jeder glücklich.«

Ich lauschte, und tatsächlich, sie applaudierten noch immer und Gabby sah noch immer in ihre Ecke.

4.

zwei

Darren brachte Gabby nach der Zugabe heim, die sie wie das verrückte Ausnahmetalent spielte, das sie nun einmal war. Dann wirkte sie wieder wie abwesend. Musik verbesserte den Zustand ihrer Depression. Allerdings verschlechterte so ziemlich alles andere ihre Situation, auch wenn sie ihre Medikamente nahm.

Sie hatte sich vor zwei Jahren versucht umzubringen. Nachdem sie für einige Wochen damit beschäftigt gewesen war, die Wand anzustarren und sich darüber zu beschweren, dass sie einfach nichts fühlte. Ich war diejenige gewesen, die sie in der Küche gefunden hatte, wie sie in das Spülbecken blutete. Es war einfach für jeden erschreckend gewesen. Danach hatte sie mein zweites Zimmer übernommen und Darren war aus einem Haus, welches er mit zu vielen Mitbewohnern geteilt hatte, in eine Atelierwohnung, die nur einen Block von uns entfernt lag, gezogen. Wir spielten Musik zusammen, denn Musik war einfach das, was uns ausmachte. Außerdem half es Gabby dabei, zurechnungsfähige Momente zu haben, dass Darren in der Nähe blieb und dass ich nicht irgendeinen Scheiß baute. Es hielt uns allerdings nicht über Wasser. Wir arbeiteten alle. Bevor ich diesen letzten Gig auf dem Dach von *Hotel K* an Land gezogen hatte, musste ich sogar auf Starbucks verzichten, da ich jede Fünf-Cent-Münze zweimal umdrehen musste.

Da *Spoken Not Stirred* so viele Leute angezogen hatte, dass wir die Kosten für die garantierten Tickets locker wieder reinholen konnten, hatten wir die Nacht dreihundert Dollar verdient. Fünfzehn Prozent gingen zu Mr. -Mülldeponie-Vinny. Sechsundachtzig Dollar gingen uns für einen Strafzettel verloren, da Harry der festen Überzeugung war, dass er, wenn er Bass und Tam-Tam aus- und einladen musste, auch vor 18 Uhr in einer Ladezone am Sunset Strip parken könnte. Den Rest teilten wir durch vier.

Das *Hotel K* war ein funkelnagelneuer, dreißig Stockwerke hoher Diamant in einer Nachbarschaft, die aus nichts anderem als diesen aufeinandertürmenden, stuckverzierten Scheißhaufen bestand. Die Hausdach-Sache in L.A. war wirklich außer Kontrolle geraten. Man konnte keinen Schritt mehr gehen, ohne in eine erneute Baustelle zu rennen, die mal wieder eine Bar mit Pool in Planung hatte, welche dann jede Person - Tag und Nacht - mit plärrender Musik von den Dächern versorgen würde. Der Vorteil an dieser Sache war es allerdings, dass viele Bedienungen gebraucht wurden. Vor allem hochgewachsene, dünne Mädchen, die sich mit schweren Tabletts über ihren Köpfen zwischen Betrunkenen, die ihre schmutzigen Gedanken nicht mehr für sich behalten konnten, durchzuschlängeln vermochten, ohne die Kunden mit den eben erwähnten Tabletts k.o. zu hauen, waren absolut gefragt. Der Nachteil für jemanden wie mich, der tatsächlich groß und schlank war, war, dass wir alle austauschbar waren. Denn du konntest auch keinen Schritt in L.A. gehen, ohne in ein anderes großes, schlankes Mädchen hineinzurennen.

Darren und ich hatten zu lange darüber diskutiert, wer sich um Gaby kümmern würde. Er hatte sie letztendlich davon überzeugt, die Nacht bei ihm zu verbringen. »Überzeugt« war aber wahrscheinlich nicht das Wort, das man verwendete, wenn man von einer Person redete, der es egal war, wo sie die Nacht verbringen würde, der so ziemlich alles egal war.

Ich rannte aus dem Fahrstuhl heraus und zu den Hotelspinden rüber, während ich das Gewicht von den fünfzig Dollar in meiner Tasche spürte. Fünfzig Dollar, die ich für den Erfolg bekommen hatte, dass mir hundert Leute aus der Hand gefressen hatten. Ich schälte mich aus meiner Jacke und stopfte sie in den Spind, dann zog ich mein Top aus. Ich hatte nicht mehr sehr viel Zeit zur Verfügung, bis Yvonne, die ich heute ablösen sollte, sich darüber beschweren würde, dass sie wegen mir noch immer die Fläche bearbeiten musste. Ich zerrte ein kurzes Kleid, das mehr Bein zeigte, als es anständig gewesen wäre, aus meiner Tasche, und kämpfte mich hinein.

»Du bist zu spät«, sagte Freddie, mein Boss. Er stank nach Zigaretten, was ich einfach abartig fand.

»Tut mir leid, ich hatte einen Auftritt.« Ich kickte meine Schuhe von den Füßen und zog letztendlich noch die Hose unter dem Kleid aus. Ich hatte keine Zeit, mir darüber Gedanken zu machen, was Freddie gerade von mir dachte.

»Großartig…für dich.« Freddie verschränkte seine Arme und verknitterte somit seinen braunen Nadelstreifenanzug. Er hatte einen Leberfleck auf seiner Wange und irgendwie immer einen verkniffenen Gesichtsausdruck, auch wenn er mir in den Ausschnitt starrte. Was er eigentlich immer machte, wenn wir uns unterhielten.

Ich ging auf keine Diskussion ein. Ich schlüpfte einfach nur zurück in meine Schuhe, schmiss die Spindtür zu und rannte dann in die Richtung der Fläche.

»Yvonne!« Ich fand sie in einem der hinteren Flure, als sie gerade einen Teil ihres Trinkgeldes in die Tasche steckte.

»Monica! Wo hast du denn solange gesteckt?«

»Es tut mir leid. Vielen Dank, dass du in der Zeit meine Tische übernommen hast. Kann ich das vielleicht irgendwie gut machen?«

»Ich werde es nicht pünktlich nach Hause schaffen, also könntest du die eine Stunde für den Babysitter bezahlen.«

»Kein Problem«, sagte ich, auch wenn es ein großes Problem darstellte.

»Jonathan Drazen sitzt in deinem Bereich.« Sie legte ihre Hand auf ihr Herz. »Er ist so heiß, und er gibt ein gutes Trinkgeld, wenn ihm gefällt, was er sieht. Also sei nett.« Sie überreichte mir die Bestellkarten für meinen Bereich.

Drazen war der Boss meines Bosses. Ihm gehörte das Hotel, aber wir waren uns bisher noch nie über den Weg gelaufen. Angeblich war er viel unterwegs, und er verbrachte nicht sehr viel -oder überhaupt keine- Zeit auf dem Dach, wenn er denn mal in der Stadt war. Deshalb waren wir uns noch nicht begegnet. Diese Entwicklung nervte mich gewaltig. Ich hatte gerade erst in einem wirklich coolen Club den Applaus meines Lebens bekommen und badete noch immer in dieser Anerkennung. Ich hatte nicht das Bedürfnis, mich schon wieder beweisen zu müssen, und anhand von was? Solange es sich nicht um meine Musik handelte, war es mir egal.

Es war mega voll: stereotypische Europäer, die hohe Tiere aus Hollywood und die ausgewählten Mitläufer. Der riesige, rechteckige Pool befand sich in der Mitte. Rote Stühle drum herum und ein großer Cocktailbereich mit Tischen und Stühlen auf der einen Seite. Kleine Zelte mit Sofas darin, bildeten den Grundriss für den Bereich auf dem Dach, und wenn diese Zelte geschlossen waren, dann lässt du sie zu, es sei denn, dass es so aussah, als ob einer der Gäste sich davon machen wollte, ohne zu bezahlen.

Ich stand an der Bar und sah mir die Bestellkarten an. Fünf Tische, zwei davon hatten rechts oben eine kleine Ausstanzung in der Form eines Sterns. Freddie hatte das veranlasst. Dies bedeutete, das wir jemand von Bedeutung an den Tischen sitzen hatten. Hier wurde eine spezielle Betreuung erwartet.

Mein erstes Tablett gehörte zu einem der Tische mit dem Stern. Ich setzte ein Lächeln auf und navigierte durch die Menge, um das Tablett zu einem Tisch in der Ecke zu liefern. Vier Männer, und ich erkannte Drazen sofort. Er hatte rötliches Haar, das ihm bis zu seinen Ohren reichte und auf diese ganz bestimmte Weise zerzaust aussah. Er trug Jeans und ein graues T-Shirt, welches seine breiten Schultern und seinen harten Bizeps zur Schau stellte. Seine vollen Lippen verzogen sich zu einem hinreißenden Lächeln, das seine weißen Zähne zeigte, sobald er sein Tablett kommen sah, und es überraschte mich ein wenig, dass ich meine Augen nicht von ihm nehmen konnte.

»H-Hi«, stotterte ich. »Ich werde Sie heute Abend bedienen.« Ich lächelte. Das half immer. Dann dachte ich an fröhliche Dinge, damit mein Lächeln auch ehrlich gemeint rüberkam. Daraufhin beobachtete ich Drazen, wie er seinen Blick von meinem lächelnden Gesicht, über meine Brüste, zu meinen Hüften und zu meinen Waden laufen ließ. Es fühlte sich an, als würde man mir erneut applaudieren.

Er hob seine Augen wieder zu meinem Gesicht. Ich hielt seinem Blick stand, woraufhin er seine Lippen spitzte. Ich hatte ihn beim Schauen erwischt und er schien wirklich ein wenig beschämt darüber zu sein.

»Hallo«, sagte er. »Du bist neu hier.« Seine Stimme hallte wie ein Cello nach, sogar bei der lauten Musik im Hintergrund.

Ich checkte Yvonnes Notizen und nahm dann eines der Gläser, das mit Eis und einer bernsteinfarbenen Flüssigkeit gefüllt war, vom Tablett. »Sie hatten den Jameson's?«

»Danke.« Er nickte mir zu, und behielt dieses Mal seine Augen auf meinem Gesicht und weg von meinem Körper. Sogar jetzt fühlte es sich allerdings so an, als würde ich gerade lebendig verspeist werden, ausgesaugt bis auf den letzten Tropfen, Stück für Stück. Ein warmes Gefühl überschwemmte mich und ich hörte nur für eine halbe Sekunde auf, meinen Job zu machen, während ich mir erlaubte, vollständig von diesem warmen Gefühl eingenommen zu werden. In diesem Moment rempelte mich natürlich jemand an, ein Mann wahrscheinlich, wenn man von dem Gewicht ausging, das mit mir kollidierte, woraufhin sich mein Tablett in die Lüfte begab.

Für eine Sekunde hingen die Gläser in der Luft, wie eine Handvoll von Glitter, und ich dachte, dass ich sie vielleicht auffangen könnte. Ich spürte das Geräusch des Aufpralls regelrecht, noch lange nachdem die drei Gin & Tonics über die Gäste ausgegossen worden waren. Ich war so schockiert, dass ich kein Wort herausbrachte. Alle standen auf, Hände ausgebreitet, tropfend, während die Kleidung der Gäste im Schritt und am Oberkörper immer dunkler wurde. Ein allgemeines Aufstöhnen war von jedem in der Runde zu hören, der in der Nähe der Getränkedusche gesessen hatte.

Freddie tauchte wie ein Zombie auf, der gerade frisches Gehirn gewittert hatte. »Du bist gefeuert.« Er drehte sich zu Drazen und sagte: »Sir, kann ich Ihnen irgendetwas bringen? Wir haben Hemden - «

Drazen schüttelte einen Tropfen Gin von seiner Hand. »Ist schon gut.«

»Es tut mir so leid«, sagte ich.

Freddie stellte sich zwischen mich und meinen ehemaligen Boss, als würde die Möglichkeit bestehen, dass ich ihn anbetteln würde, mir meinen Job zurückzugeben; etwas, das ich niemals tun würde, dann sagte er: »Hol deine Sachen.«

10.

drei

Verdammte Scheiße! Scheiß Job; alles ist einfach scheiße. Ich such mir einfach einen anderen. Ich hatte mir selbst versprochen, dass ich irgendwann groß rauskomme würde, und sobald das der Fall wäre, würde ich hier mit meinem Gefolge rein stolzieren und Freddie müsste mir all meine Wünsche erfüllen und zwar ohne auf Trinkgeld hoffen zu können. Nicht einmal einen Cent würde er bekommen. Und Jonathan Drazen würde dann neben mir sitzen und mich wieder so ansehen, als hätte ich niemals Gin & Tonic über ihn verkippt. Er würde mich als gleichberechtigt ansehen, nicht wie eine Zuckerstange, die nur auf Trinkgeld aus war.

Ich schmiss die Spindtür zu.

Ich musste mir einen neuen Job suchen. Zuerst bezahlte ich immer meine Fixkosten. Allerdings schuldeten wir dem Studio Geld und ich konnte mir wirklich kein Geld mehr von Harry leihen.

Freddie stolzierte den dämmrig beleuchteten Gang entlang. Seine Zehen waren nach außen gerichtet und er lief wie eine Ente, die auf einer Mission war.

»Fick dich, Freddie. Ich verschwinde, und nur damit du's weißt, du bist ein - «

»Mister Drazen will dich sehen.«

»Mister Drazen kann mich mal. Er kann mich doch nicht einfach zu sich beordern. Ich arbeite ja schließlich nicht mehr für ihn.«

Freddie lächelte wie eine hinterhältige Katze. »Manchmal gibt er den Aushilfen eine Abfindung, wenn er ein schlechtes Gewissen hat. Kann ein ordentlicher Batzen sein. Danach kannst du dich hier verpissen, falls er nicht mit dir schlafen will. Ich für meinen Teil würde es gerne mal miterleben, dass er nicht flachgelegt wird.«

Er trat einen Schritt näher. Ich wusste nicht, warum er so nah an mich herangetreten war. Aber ich nahm mir vor, nicht vor ihm zurückzuweichen, und als er mir schließlich einen Klaps auf meinen Hintern gab, war ich so schockiert, dass ich mich eh nicht mehr bewegen konnte. Er beendete den Klaps, in dem er mich in den Hintern kniff.

»Was zur Hölle...?«

Aber er watschelte bereits davon, Ellbogen eingefahren, als ob das Leben von jemand anderem noch versaut werden müsste und er genau der Typ dafür wäre, um dies zu vollbringen. Ich stand dort, meine Kinnlade weit geöffnet, während ich zu siebzig Prozent sauer auf ihn war, dafür dass er ein ekliger Grapscher war, und zu dreißig Prozent war ich wütend auf mich selbst, weil ich zu schockiert gewesen war, um ihm eine reinzuhauen.

vier

Ich hatte meinen Stolz. Ich war so stolz, dass ich auf Jonathan Drazens Ruf für einen »ordentlichen Batzen« Geld sofort angerannt kam. Es war wohl das Demütigendste, das ich mir auch nur vorstellen konnte. Aber hier stand ich, vor seiner leicht geöffneten Tür im dreißigsten Stock, an die Tür klopfend, nicht weil ich das Geld brauchte (ich brauchte es), und auch nicht weil ich noch einmal in dieser bestimmten Art und Weise von ihm angeschaut werden wollte (das wollte ich sogar sehr), sondern weil ich mir sicher war, dass ich nicht die erste Bedienung war, die von Freddie angegrapscht worden war, oder Schlimmeres. Falls Drazen von Freddies Arschlochverhalten bisher noch nicht in Kenntnis gesetzt worden war, würde ich die Aufklärung jetzt übernehmen. Er musste es einfach wissen.

Das Büro hatte einen Ausblick über die Hollywood Hills, was am Tag wirklich atemberaubend aussehen musste. In der Nacht erschien die Umgebung allerdings nur wie ein Fleck von blinkenden Lichtern auf einer schwarzen Leinwand. Er stand hinter seinem Schreibtisch, mit seinem Rücken zum Fenster, während das weiche Licht im Raum seinen entblößten und perfekten Unterarmen bis zur Vollendung schmeichelte. Er trug eine saubere Jeans und ein weißes Hemd. Das dunkle Holz und das matte Glas betonten, dass sein Büro einen bequemen Ort darstellen sollte, und auch wenn mir bewusst war, dass mich diese Einrichtung manipulieren sollte, wurde ich doch ruhiger.

»Komm rein«, sagte er.

Ich trat auf den weichen Teppich, der sofort die Schmerzen, hervorgerufen durch die High-Heels an meinen Füßen, linderte.

»Es tut mir leid, dass ich die Getränke über Sie verschüttet habe. Ich werde für die Reinigung aufkommen, wenn Sie das wünschen.«

»Das wünsche ich nicht. Setz dich hin.« Seine grünen Augen flackerten im Schein der Lampe auf. Ich musste wirklich zugeben, dass er umwerfend aussah. Sein kupferfarbenes Haar lockte sich in den Spitzen und sein Lächeln könnte wahrscheinlich eine ganze Stadt zum Leuchten bringen. Er war mit Sicherheit nicht älter als Anfang dreißig.

»Ich bleibe stehen«, sagte ich. Ich trug einen kurzen Rock, und wenn ich von dem Blick ausging, den er mir auf dem Dach zugeworfen hatte, dann wusste ich, dass wenn ich einen weiteren Blick dieser Art bekommen würde, dieser mich dazu verleiten würde, ihn anzuspringen.

»Ich möchte mich im Namen von Freddie entschuldigen«, sagte er. »Er ist ein wenig aggressiver, als er sein sollte.«

»Darüber sollte wir uns ohnehin unterhalten«, ließ ich ihn wissen.

Er hob eine Augenbraue und lief um den Schreibtisch herum. Er hatte eine Art Kölnischwasser am Körper, das durch den Duft von Salbeiblättern und einem vernebelten Tag - trocken, staubig und sauber - bestimmt wurde. Er lehnte sich gegen seinen Schreibtisch, die Hände hinter seinem Rücken, womit er mir die gesamte Länge seines Körpers präsentierte: breite Schultern und schmale Hüften. Er sah mich wieder an, dann runter auf den Boden. Es fühlte sich an, als hätte er seine Hände von meinem Körper entfernt, was dazu führte, dass ich gleichermaßen erregt und beschämt war. Ich würde mich von ihm weder einschüchtern noch verängstigen lassen. Ich würde ihm nicht erlauben, einfach seine Augen von mir abzuwenden.

Wenn er mich anstarren wollte, dann sollte er das bitte auch tun. Ich platzierte meine Hände auf meiner Hüfte und ließ meine Körpersprache als eine Art Kampfansage auf ihn einwirken, damit er seine Augen hin wandern lassen konnte, wo auch immer er diese gerne haben wollte. Der Boden war dabei allerdings keine Option.

Mal ehrlich. Er konnte mich ja mal sowas von.

»Freddie ist ein schleimiges Ekelpaket.« Ich konnte an seinem Gesichtsausdruck sehen, dass dies der falsche Weg gewesen war, um das Gespräch zu beginnen. Ich sollte wohl bei den Fakten bleiben und meine Meinung und ausführliche Beschreibungen lieber für mich behalten. »Zum einen hat er mir gesagt, dass Sie versuchen würden, mich ins Bett zu bekommen.« Er lächelte, als ob er das wirklich vorgehabt hatte und erwischt worden war.

»Dann«, fuhr ich fort, weil ich ihm verbal das Lächeln aus seinem wunderschönen Gesicht schlagen wollte, »hat er meinen Hintern begrapscht.«

Sein Lächeln schmolz dahin, als wäre es ein Eiswürfel in einer heißen Pfanne. Er nahm seine hungrigen Augen von meinen, was zugleich eine Erleichterung und eine Enttäuschung war. »Ich wollte dir eine Abfindung anbieten.«

»Ich will Ihr Geld nicht.«

»Lass mich ausreden.«

Ich nickte, während ich fühlte, wie sich meine Wangen rot färbten.

»Die Abfindung war für den Fall, dass du nicht mehr hier arbeiten möchtest«, fuhr er fort. »Auch wenn ich den Geruch von Gin auf meiner Kleidung nicht sonderlich mag, solltest du wegen so einer Kleinigkeit nicht deinen Job verlieren. Aber jetzt wo du mir das erzählt hast, was soll ich da deiner Meinung nach tun? Wenn ich dir jetzt eine Abfindung auszahlen würde, dann hätte es den Anschein von Schweigegeld. Und wenn ich dich wieder anstellen würde, dann hätte es den Anschein, als würde ich das nur machen, um nicht verklagt zu werden.«

»Ich verstehe schon«, sagte ich. »Ich nehme an, da er gesagt hat, dass Sie versuchen würden, mit mir zu schlafen, dass sie bereits genug dreckige Wäsche haben, die sie unter Verschluss halten müssen, und nichts würde dies besser an die Oberfläche bringen als eine Klage.« Ich wartete eine Sekunde, um zu sehen, ob ich irgendetwas in seinen Augen erkennen könnte, aber er hatte sein Business-Gesicht aufgesetzt, also entschied ich mich im Gegenzug für mein Sarkasmus-Gesicht. »Was für eine schreckliche Position, in der sie sich jetzt befinden.«

Sein Nicken sagte mir, dass er mich verstanden hatte. Seine Position war die eines privilegierten Mannes. Er hatte den Luxus, über mein Leben zu entscheiden und zwar abhängig davon, welches Ergebnis ihm am Ende das Leben erleichtern würde. »Was machst du beruflich, Monica?«

»Ich bin eine Bedienung.«

Er grinste, sah mich aufmerksam an und ich wollte hier und jetzt vor ihm auf die Knie fallen. »Das ist dein Umstand. Es ist nicht, was dich ausmacht. Studierst du vielleicht Jura?«

»Sobald die Hölle zufriert, werde ich Jura in Betracht ziehen.«

»Lehrerin, Holzarbeiterin, spielst du Volleyball?« Er reihte die Worte schnell aneinander und ich nahm an, dass er wahrscheinlich noch mit hundert von diesen Berufen ankommen könnte, bevor er es erraten würde.

»Ich bin Musikerin«, sagte ich.

»Ich würde dich gerne irgendwann einmal spielen sehen.«

»Ich werde nicht mit Ihnen schlafen.«

»Tatsächlich.« Er lief hinter seinen Schreibtisch. »Ich nehme an, dass niemand diesen angeblichen Grapscher mitbekommen hat?«

»Richtig.«

Er öffnete eine Schublade und blätterte durch einige Mappen. »Ich habe Freddie eingestellt. Er steht unter meiner Verantwortung. Deine Verantwortung besteht darin, dass du noch jemand anderem darüber Bericht erstatten musst.« Er händigte mir ein Blatt Papier. Es war ein standardisierter *U.S. Gleichberechtigung für alle Mitarbeiter am Arbeitsplatz* Flyer. »Die Nummern stehen alle dort drauf. Reich eine Beschwerde ein. Sende mir bitte eine Kopie davon. Das wird uns beide schützen.«

Ich starrte auf den Zettel. Drazen könnte eine Menge Ärger bekommen, wenn sich bereits genug Beschwerden angesammelt hatten. Ich hatte vor, den Behörden zu erzählen, was passiert war, weil ich Freddie nicht ausstehen konnte, aber mir war nicht ganz wohl dabei, die Behörde auf Drazen anzusetzen.

»Sie sind kein Arschloch«, sagte ich.

Er neigte seinen Kopf, und auch wenn ich sein Gesicht nicht sehen konnte, stellte ich mir doch vor, dass er lächelte. Er nahm eine Visitenkarte aus seiner Hosentasche und kam wieder hervor gelaufen. »Meinem Freund, Sam, gehört das *Stock* im Stadtzentrum. Ich denke, es würde besser zu dir passen. Ich werde ihn wissen lassen, dass du dich vielleicht bald meldest.«

Als ich die Karte entgegennahm, hatte ich ein Verlangen, dem ich nicht widerstehen konnte. Ich streckte meine Hand ein wenig weiter aus, als nötig gewesen wäre, und kam dann mit seinen Fingern in Kontakt. Pure Lust durchströmte mich, und seine Finger versuchten die Berührung in die Länge zu ziehen.

Ich musste so schnell wie möglich hier raus und weg von diesem Mann.

fünf

Im Spätseptember war das Wetter in Los Angeles, mit dem Wetter zu vergleichen, das du überall sonst in Mitte Juli hattest - Schweineheiß, Schwitzen im Sitzen und Auto vermeiden- heiß. Gabby schien heute in einer besseren Verfassung zu sein als gestern, aber Darren und ich hielten uns bereit.

Gabby hatte gesagt, dass sie einen Spaziergang machen wollte und, damit sie nicht allein wäre, schlug ich vor, dass wir uns doch am Sunset ein Eis holen könnten.

Nun saßen wir also auf der Terrasse, damit die Geräusche um uns herum verdeckten, dass wir uns anschwiegen. Ich stocherte in meinem Erdbeer-Basilikum Eis herum, während sie ihre Wasabi-Vanille Kreation länger in Augenschein nahm, als sie das noch vor einer Woche getan hätte.

»Es ist gutes Geld«, sagte sie. Sie versuchte mich von einem Donnerstagabend Job in einer Lounge zu überzeugen. »Wir müssen nicht dafür bezahlen, dass wir spielen wollen. Einfach nur spielen, kassieren und wieder heimgehen.«

»Ich hasse diese Art von Auftritten. Ich hasse es im Hintergrund zu spielen.«

»Zweihundert Dollar? Komm schon, Monica. Du musst keine Lieder einstudieren; eine Probe, vielleicht zwei, und dann hätten wir es auch schon.«

Gabby hatte ihre Kindheit damit verbracht, dass ein Lineal dazu benutzt worden war, um auf ihre Finger einzuhauen, sobald sie einen Fehler am Piano gemacht hatte. Irgendwann spielte sie so perfekt, dass sie kaum noch proben musste. Allerdings war sie in jedem Moment ihres Wachzustandes dermaßen zwanghaft, dass jeder Augenblick dazu genutzt wurde, um ihn mit Essen, Spielen oder dem Denken an das Spielen zu verbringen, dass das Wort »Probe« bei ihr nicht mehr wirklich zutraf. Dieses Wort beschrieb eigentlich nur einen Künstler, der sich aus seinem Tagesablauf Zeit nahm, um etwas zu verbessern und nicht eine Person, die eine zwanghafte Perfektionistin war. Sie war ein Genie, und es war davon auszugehen, dass ihr Genie und ihre perfektionistische Natur sie in die Depression getrieben hatten.

»Ich will nur meine eigenen Lieder spielen«, sagte ich.

»Du kannst sie bestimmt überzeugen. Komm schon. Wenn ich keine Stimme mitbringe, verliere ich den Auftritt, und ich brauche ihn.« Der Knoten in ihrer Stimme bedeutete, dass sie sich zwischen Verzweiflung und emotionaler Eintönigkeit befand. Das machte mir Angst. »Mon, ich kann nicht auf den nächsten Auftritt von *Spoken* warten. Ich bin fünfundzwanzig und ich habe nicht mehr viel Zeit. *Wir* haben nicht mehr viel Zeit. Die Monate ziehen an uns vorbei und ich bin noch immer ein Niemand. Gott, ich hab noch nicht einmal einen Agenten. Was soll nur aus mir werden? Ich kann das nicht ertragen. Ich denke, dass ich sterbe, wenn ich wie Frieda DuPree ende. Sie hat es ihr ganzes Leben versucht; dann war sie auf einmal sechzig Jahre alt und sie geht noch immer zu Auditions.«

»Du wirst nicht wie Frieda DuPree enden.«

»Ich muss aber arbeiten. Jede Nacht, die vergeht, in der mich niemand spielen sieht, ist eine verlorengegangene Möglichkeit.«

Totaler Scheißdreck, der einem in der Schule für darstellende Künste eingetrichtert wurde. Geh raus und spiel.

Arbeite immer. Entscheide dich richtig. Die Lehrer hatten den armen Kindern gesagt, dass sie vielleicht gesehen werden, wenn sie ihre Geigen auf den Straßen zerschmettern würden. Die aßen sich satt an den Träumen anderer. Die konnten mich mal. Manche von diesen Kindern hätten Buchhalter werden sollen, aber die Scheiße, die ihnen erzählt worden war, hatte sie ein paar Jahre zu lange träumen lassen.

Ich sah Gabby an und ihre großen blauen Augen flehten mich an, dass ich es wenigstens in Erwägung ziehen würde. Sie befand sich inmitten einer Panikattacke. Wenn sich das über die nächsten Wochen fortsetzen würde, dann würden die Panikattacken zwar nachlassen, aber dafür würden die abwesenden Blicke in Ecken wieder häufiger zu beobachten sein. Jedenfalls wenn sie ihre Medikamente nicht regelmäßig einnehmen würde. Dann hätten wir ein Problem in der Form eines weiteren Selbstmordversuches oder, was noch schlimmer wäre, eines erfolgreichen Selbstmordes. Ich liebte Gabby. Sie war wie eine Schwester für mich, aber manchmal wünschte ich mir eine weniger anstrengende Freundin.

»Fein«, sagte ich. »Aber nur das eine Mal, okay? Du kannst in ganz Los Angeles jemanden finden, der es das nächste Mal machen würde.«

Gabby nickte, während sie ihren Daumen und Mittelfinger immer wieder zusammentippte. »Das ist was Gutes«, sagte sie. »Alles wird gut, Monica. Du wirst sie umhauen. Das wirst du.« Die Worte hatten etwas Routiniertes an sich, als würde sie diese nur sagen, um die Stille auszufüllen.

»Ich denke, dass ich den Auftritt ohnehin brauche«, sagte ich. »Ich bin gestern Abend gefeuert worden.«

»Was hast du angestellt?«

»Ich habe Getränke über den Schoß von meinem Boss gekippt.«

»Freddie?«

»Jonathan Drazen.«

»Oh...« Sie bedeckte ihren Mund mit der Hand. »Ihm gehört auch der *R.Q.Q. Club* in Santa Monica. Also halte dich auch von dort fern.«

»Wusstest du, dass er einfach umwerfend ist?«

Eine Stimme überraschte uns von hinten. »Sprecht ihr schon wieder über mich?« Darren war aufgetaucht, Gott sei Dank.

»Jonathan Drazen hat sie gestern gefeuert«, sagte Gaby.

»Wer ist das?« Er setzte sich hin und platzierte seinen Laptop auf dem Tisch vor uns.

»Er war es nicht. Freddie hat mich gefeuert. Drazen hat mir lediglich eine Abfindung angeboten und mir das *Stock* nahegelegt.«

»Und anscheinend sieht er umwerfend aus.« Er hob eine Augenbraue. Ich zuckte mit meinen Schultern. Darren und ich waren über unsere Beziehung lange hinweg, aber das hieß nicht, dass er es nicht ausnutzen würde, mich bluten zu lassen, wenn ihm eine Gelegenheit offenbart wurde. »Es ist bereits ein Jahr und sechs Monate her, seitdem du das letzte Mal so über einen Kerl gesprochen hast. Ich habe schon gedacht, dass du vielleicht immer noch in mich verliebt bist.« Ich wurde wohl rot oder vielleicht haben auch meine Augen einen Funken von Gefühl gezeigt, denn Darren öffnete ganz plötzlich seinen Laptop. »Mal sehen, was für eine Art WLAN ich hier abgreifen kann.«

»Ich spreche nicht so über Männer, weil ich es nicht ertragen kann, mir irgendwelchen Mist von ihnen anzuhören. Da lebe ich doch lieber enthaltsam.«

Darren tippte auf den Tasten herum. »Jonathan Drazen. Zweiunddreißig. Alter Mann.« Er sah mich über den Bildschirm hinweg an.

»Unterschätze nicht, wie scharf er ist. Mir war es kaum möglich zu reden.«

»Er hat sein Geld auf die altmodische Weise verdient.«

»Reicher Papa?«

»Mehrere Generationen von ihnen. Er verdient so gut mit Zinsen, dass sogar das Bruttoinlandsprodukt von Burma dagegen abkackt.« Darren scrollte durch einige Seiten. Er liebte das Internet, wie andere Menschen Welpen oder Babys liebten. »Immobilienmagnat. Unser Jonathan der Dritte...« Er schaltete ab, während er im Internet surfte. »BA von Penn. MBA von Stanford. Er hat das Geschäft wieder ins Rollen gebracht. Mehrfacher Multimillionär. Er ist ein echt guter Fang, falls du es schaffst, ihn von den vierhundert anderen Frauen, die mit ihm auf Bildern zu sehen sind, wegzureißen.«

»Lalala. Ist mir egal.«

»Warum? Ist ja nicht so, dass du...wie lange ist es her, dass du das letzte Mal Sex hattest?« Darren klickte umher und tat so, als wäre ihm meine Antwort egal. Ich wusste aber, dass dies nicht der Fall war.

»Männer sind keine gute Idee«, sagte ich. »Sie sind eine Ablenkung für mich. Sie erheben Ansprüche.«

»Nicht alle Männer sind wie Kevin.«

Kevin war mein letzter fester Freund gewesen. Ein Mann, der immer auf zwanghafte Art und Weise die Kontrolle behalten musste, und dieses Problem hatte dazu geführt, dass ich für achtzehn Monate keinerlei Interesse an der Spezies Mann gezeigt hatte. »Lalala...über Kevin möchte ich mich auch nicht unterhalten.« Ich kratzte über den Boden des Eiscremebechers.

Darren drehte seinen Laptop, damit ich den Bildschirm sehen konnte. »Ist er das?«

Jonathan Drazen stand zwischen einer Frau und einem Mann, die ich beide nicht kannte. Ich scrollte durch die Klatschseite. Er war wirklich gutaussehend; sein irisches Aussehen ließ sogar Filmstars neben ihm erblassen.

»Er ist bereits mit einem Haufen von Frauen fotografiert worden«, sagte ich.

»Yeah, er ist seit seiner, nur damit du es weißt, Scheidung wirklich rumgekommen. Falls du ihn willst, wäre er wohl mit Sicherheit dabei.« Er überschlug seine Beine und sah auf den Sunset hinaus.

Gabby hatte einen abwesenden Ausdruck auf ihrem Gesicht, während sie Autos beobachtete. »Seine Ex-Frau heißt Jessica Carnes«, Gabby trug die Fakten vor, als würde sie das Klatschblatt gerade vor ihrem inneren Auge sehen, »die Künstlerin. Drazen hat sie auf dem Anwesen ihres Vaters in

Venice Beach geheiratet. Sie ist die Halbschwester von Thomas Deacon, dem Sportagenten auf APR. Der hat ein Baby mit Susan Kincaid. Sie ist die Hostess im Key Club und ihr Bruder spielt Basketball mit Eugene Testarossa. Unser Wunschagent bei WDE.«

»Irgendwann in der Zukunft, Gabster, wird sich dein Wissen über die Zusammenhänge zwischen den einzelnen Stars aus Hollywood einmal auszahlen.« Darren machte seinen Laptop zu. »Aber nicht heute.«

24.

sechs

Ich war mir fast sicher, dass man im *Hotel K* eine Augenbinde umgebunden bekommen könnte, zum *Stock* gebracht werden könnte, und man dann denken würde, dass man umher gefahren wurde, nur um dann wieder am selben Ort wie zuvor gelandet zu sein: der gleiche Pool, die gleichen Stühle, gleichen Sofas, gleiche Musik und die gleichen Arschlöcher, die die gleichen Getränke in der Hand hielten und die gleiche Menge an Trinkgeld gaben. Der einzige Unterschied bestand darin, dass es hier keinen Freddie gab. Das *Stock* hatte Debbie. Eine hochgewachsene, asiatische Frau, die bestickte Mandarin-Oberteile mit Stehkragen und schwarze Hosen trug. Sie kannte jeden Superstar und alle liebten sie genauso sehr, wie sie die Superstars liebte. Sie konnte einen Filmindustriemogul von einer Schauspielerin unterscheiden und platzierte alle so, damit es sich für alle - professionell gesehen - lohnte. Sie stimmte die Bedienungen auf den Geschmack der Kunden ab und verhätschelte die Mädchen, damit sie wie ein Uhrwerk funktionierten.

Sie war die netteste Person, für dich ich jemals gearbeitet hatte.

»Lächel, Mädchen«, sagte Debbie. Ich war hier seit einer Woche angestellt und sie wusste ganz genau, wie viele Tische ich gleichzeitig bearbeiten konnte und wie schnell ich im Vergleich zu den anderen war. Meine Stärke bestand in meiner unwiderstehlichen Persönlichkeit. »Leute schauen dich an«, sagte sie. »Sie haben keine andere Wahl, also lächel.«

Es fiel mir schwer zu lächeln. Wir hatten kurz nacheinander drei gute Auftritte gehabt, dann hatte sich Vinny in Luft aufgelöst. Wir hatten an seine Bürotür in Thai Town gehämmert, hatten uns zu seinem Haus in East Hollywood begeben und ihn gefühlte vierhundert Mal angerufen. Wie vom Erdboden verschluckt. Jeder Auftritt, den er für uns aufgetrieben hatte, fiel jetzt flach. Mein Momentum verlangsamte sich und das gefiel mir nicht im Geringsten.

»Was ist denn dein verschissenes Problem?«, sagte einer der Typen, als er einen Dollar und drei Zehn-Cent-Stücke auf mein Tablett warf. »Musst dir Koks reinziehen oder was?« Er sah wie jeder andere Hugo Boss tragende Idiot mit Stachelfrisur und blondierten Haaren aus, der nach drei Bieren von Null auf Hundert Beleidigungen parat hatte. Aber Debbie hatte mir seinen Namen auf die Bestellkarte geschrieben, wahrscheinlich, um mir einen Gefallen zu tun. Sein Name war Eugene Testarossa, der eine Typ bei WDE, den ich schon seit Monaten treffen wollte. In meiner Depression wegen diesem scheiß Vinny hatte ich ihn nicht erkannt.

Während meiner Pause lief ich in die Richtung der Toiletten und stieß mit einer harten Brust zusammen, die nach Salbei und Nebel roch.

»Monica«, sagte Jonathan. »Hey. Sam hat mir erzählt, dass er dich eingestellt hat.« Seine grünen Augen schweiften über meinen Körper nach unten und ich wollte unter dem Gewicht zusammenbrechen. Als er mir schließlich in die Augen sah, änderte sich sein Gesichtsausdruck von amüsiert zu besorgt. »Geht's dir gut?«

»Super, ist einfach nicht mein Tag. Aber ist doch egal.« Ich machte einen Schritt auf die Toilettentür zu, aber er schien abgeneigt, mich schon gehen zu lassen.

»Ich habe deinen Bericht bekommen. Danke. Er war sehr professionell.«

»Haben Sie etwa angenommen, dass eine Bedienung keinen ordentlichen Satz bilden könnte?« Als sein Blick auf den Boden fiel, wusste ich, dass ich eine Zicke gewesen war. Er verdiente meine furchtbare Seite nicht. Ich versuchte, mir etwas einfallen zu lassen; ich wollte im Moment wirklich keine Wagenladung an Fragen über mein Leben beantworten. »Die Dodgers haben verloren, und da ich von Echo Park bin, hat mich das ein wenig runtergezogen, ist alles.«

»Die Dodgers haben heute gewonnen.« Seine zusammengepressten Lippen und sein amüsiertes Funkeln in den Augen bewiesen, dass er verstand, dass ich nur scherzte.

Ich trat von dem einen auf den anderen Fuß und fühlte mich wie eine Jugendliche, die gerade küssend hinter der Sporthalle erwischt worden war.

»Yeah. Scheiß Jesus Renaldo hat es im Neunten Inning echt versaut.«

»Er hat fünf gute Würfe pro Spiel in sich.«

»Er tendiert dazu, die Bälle in den Bullpen zu werfen.«

»Oder einen gegnerischen Spieler aus dem Spiel.« Er schüttelte seinen Kopf. Er sah in diesem Moment so normal aus und nicht wie der Kerl hinter dem Schreibtisch, der versucht hatte, mich mit seinem Blick auszuziehen.

»Tut mir leid, dass ich mich eben wie eine Zicke verhalten habe.«

»Bin ich gewohnt.«

»Nein, das sind Sie ganz sicher nicht. Geben Sie es zu. Die Menschen sind den ganzen Tag über nett zu Ihnen.«

Er zuckte mit den Schultern. »Du hast mich angelogen, als du mir gesagt hast, warum du traurig bist. Also darf ich auch lügen, wenn es darum geht, wie mich Leute behandeln.«

»Ich werd's mir merken.«

»Yeah«, sagte er und räusperte sich dann. »Ich habe Saisontickets für Plätze an der First-Base-Line.«

Ich fühlte, wie meine Augen vor Begeisterung aufleuchteten. Allerdings war es mir unangenehm, auf etwas, das nicht mir gehörte, auf diese Art und Weise zu reagieren.

»Ich könnte dich bald mal mitnehmen«, sagte er.

»Ein Spiel von den Dodgers muss man aber von den billigen Plätzen gesehen haben, bevor man wirklich sagen kann, dass man eins gesehen hat. Sechs Dollar Sitze, yo.«

Er lachte, woraufhin ich auch lachen musste. Dann tauchte Debbie am Ende des Korridors auf.

»Monica!«, rief sie und tippte auf ihre Armbanduhr.

»Scheiße!«, fluchte ich heraus. Ich lief wieder zurück zu meinem Platz, aber ich rannte nicht um die Ecke herum, bevor ich mich nicht noch ein letztes Mal zu Jonathan umgedreht hatte, um ihm zum Abschied zuzuwinken.

Ich setzte ein Lächeln auf, um mich so umgänglich wie irgend möglich zu geben. Ich sah Jonathan am Kopf der Bar, wie er sich mit Debbie und Sam unterhielt und über einen Witz lachte, den ich nicht hören konnte. Als ich zu meinem Platz lief, um ein Tablett zu nehmen, sah er mich an und ich fühlte diesen Blick. Er sah umwerfend aus, keine Frage. Ich könnte Lieder über dieses Gesicht schreiben, über diese Wangenknochen, seine Augen und diesen feinherben Duft.

Ich wünschte, dass er einfach fortgehen würde. Ich versuchte, nicht in seine Richtung zu schauen, aber um ein Uhr am Morgen sprachen er und Sam noch immer miteinander. Debbie stand am Ende der Bar, zählte Bons, als ich mit einer Bestellkarte vorbeikam. Ich konnte es einfach nicht mehr ertragen.

»Es tut mir leid, dass ich mich mit Jonathan Drazen im Flur unterhalten habe«, sagte ich. »Ich habe mal für ihn gearbeitet.«

»Ich weiß.«

»Wie oft kommt er denn hierher?«

»Er und Sam sind bereits seit ihrer gemeinsamen Zeit in Stanford befreundet, also...einmal in der Woche? Soll ich dafür sorgen, dass er öfters hier auftaucht?«

Meine Wangen brannten. Für Debbie, die Leute wie Neonbeschilderung lesen konnte, waren meine erröteten Wangen deutlich, auch in dieser schwachbeleuchteten Umgebung, zu erkennen. Ich sah unauffällig in seine Richtung. Er hatte seine Augen auf Debbie und mich gerichtet. Er hob sein Whiskeyglas hoch, das nur noch mit ein paar dahinschmelzenden Eiswürfeln am Boden des Glases angefüllt war. Sam war verschwunden, um sich um ein paar geschäftliche Dinge zu kümmern, die sein Hotel belangten. Jonathan war allein.

»Perfekt«, sagte Debbie zu mir. »Du kannst ihm einen neuen Drink bringen.« Sie winkte den Barkeeper zu uns. Ein durchtrainierter Modeltyp, der seinen Körper öfter einsetzte als seinen Verstand. »Robert, gib Monica den Drink für Mister Drazen.«

»Debbie, muss das sein«, sagte ich.

»Warum?«, fragte Robert, während er ein Glas Single-Malt-Whiskey von so weit oben im Regal einschenkte, dass ich einen Kirschpflücker für diese Aufgabe benötigt hätte. »Bin ich etwa nicht hübsch genug?«

»Du bist sehr hübsch«, sagte Debbie. »Und jetzt mach.« Sie legte ihre Hand auf meinen Arm und sprach leise. »Du brauchst mehr Erfahrung im Umgang mit Leuten seiner Gesellschaftsschicht. Je eher du mit diesem Schlag von Mensch klarkommst, desto besser. Du kannst davon nur profitieren. Jetzt geh.«

Bemuttert zu werden, fühlte sich nett an, irgendwie. Meine eigene Mutter war nach der Beendigung meiner Schulzeit mehr oder weniger abwesend gewesen, was ungefähr zu der Zeit passiert war, als sie und mein Vater nach Castaic umgezogen waren. Ich hatte mich niemals verlassen gefühlt, aber ich hätte auf jeden Fall an einigen Tagen hier und da eine Hand für den Umgang mit dem täglichen Scheiß gebrauchen können.

Drazen beobachtete mich, als ich mit seinem Whiskey um die Bar gelaufen kam. Ich wunderte mich schon, ob er wusste, dass mir dieses Beobachten seinerseits unangenehm war oder ob er sich über so etwas überhaupt keine Gedanken machte. Ich wunderte mich, ob der Unterschied unserer gesellschaftlichen Position ihm etwas ausmachte oder ihn sogar anmachte. Er war ein mehrfacher Multimillionär und ein Kunde. Ich war eine Bedienung, die jede Fünf-Cent-Münze zweimal umdrehen musste. Ja sicher, das musste ihn ja einfach anturnen.

»Danke«, sagte er, als ich den Drink mit einer Serviette auf die Bar stellte. Ein Job, den Robert in der Hälfte der Zeit geschafft hätte.

»Gern geschehen.«

Wir sahen uns für eine - oder auch zehn - Sekunde einfach nur an. Ich wusste nicht, was ich noch zu der Unterhaltung beitragen könnte, aber seine Anziehungskraft ließ Worte nebensächlich erscheinen. Ich war dabei, einen Schritt nach hinten zu machen, als er sagte: »Ich habe es ernst gemeint; wir sollten wirklich zusammen zu einem Spiel gehen.«

»Und ich stehe zu meiner Meinung bezüglich meiner Worte über die Tribünenplätze.«

»Ich würde eine Frau gerne erst genauer kennenlernen, bevor sie mich über das Mittelfeld zerrt.« Er ließ die Eiswürfel in seinem Glas aneinanderklirren. »Die Gesellschaft muss so weit draußen wirklich einnehmend sein.«

Ich wollte die atemberaubende Farbe seiner Augen erwähnen. Ich wollte seine Hand berühren, die auf der Kante der Bar lag. Stattdessen sagte ich: »Die anderen Fans werden dich beschäftigen, vor allem wenn du rot trägst.«

»Kann ich dich nach deiner Schicht sehen?«

Das Pochen meines Herzens musste hörbar gewesen sein. Es war nicht so, dass ich in den letzten achtzehn Monaten nicht gefragt worden war, ob ich Interesse an einem Date hätte oder das Objekt eines deutlichen Angebots gewesen wäre; aber bei allen Männern, die mich wollten, war es schlichtweg immer zu einfach gewesen, sie loszuwerden. Wenn ich ein Gehirn in meinem Kopf hätte, würde ich zu Jonathan Drazen nein sagen. Auf eine höfliche Weise.

»Vielleicht«, sagte ich. »Die Gesellschaft müsste halb drei am Morgen aber wirklich sehr einnehmend sein.«

Sam tauchte auf, und da ich nicht mit meinem Ex-Boss gesehen werden wollte, lief ich davon, ohne ihm deutlich zu machen, dass er zu dieser unchristlichen Zeit wirklich mehr als einnehmend auf mich wirkte.

sieben

Die nächsten eineinhalb Stunden nutzte ich, um mich selbst davon zu überzeugen, mich nach der Arbeit nicht mit Jonathan zu treffen, falls er denn überhaupt auftauchen würde. Er würde eine Ablenkung darstellen, das konnte ich schon jetzt sagen. Ich konnte nicht mit ihm im selben Raum sein, ohne das starke Bedürfnis zu verspüren, ihn berühren zu müssen.

Unwillkürlich musste ich an Kevin denken. Ein feines Exemplar von einem Mann; er hatte so ziemlich den gleichen Effekt auf mich gehabt wie Jonathan Drazen. Komplett mit den Schmetterlingen im Bauch und den kribbelnden Wangen.

Ich war mit Darren mehr als sechs Jahre zusammen gewesen, als er zugegeben hatte, dass er Dana Fasano geküsst hatte. Zu diesem Zeitpunkt hatten wir uns in unserer Beziehung in eine Richtung bewegt, die entweder auf eine Hochzeit oder eine Trennung hinausgelaufen wäre. Ich war zu einer Party im Stadtzentrum unterwegs gewesen. Von einem Freund, von dem mir der Name gerade nicht einfallen wollte, und da war er. Kevin redete in der Ecke mit irgendeinem Mädchen und als er über ihren Kopf hinweg spähte, fanden seine Augen die meinen, als hätte er nach mir Ausschau gehalten. Ich erstarrte an Ort und Stelle. Er hatte braune Augen und dicke, schwarze Wimpern und als wir uns sahen, verwandelte sich die Entfernung in eine angezupfte, vibrierende Cellosaite, die einen wunderschönen Ton von sich gab.

Ich hatte ihn für eine halbe Stunde nicht wieder zu Gesicht bekommen, fühlte aber, wie er mich stetig umkreiste, als wären wir durch ein unsichtbares Band verbunden gewesen, auch während wir uns mit anderen Personen unterhalten hatten. Dann endlich, in der überfüllten Küche, stand er hinter mir, und ich wusste dies, weil ich ihn fühlen konnte, noch bevor ich spürte, wie er seinen Arm an mir vorbeistreckte, um sich ein Bier aus dem Waschbecken zu nehmen.

»Hi«, sagte er.

»Hi.«

Er hielt die Bierflasche in meine Richtung, seine Hände feucht von dem Glas, kaltes Wasser hatte sich in dem Bereich zwischen seiner Haut und der Flasche angesammelt. »Ist der Flaschenöffner dort drüben?«

Ich nahm ihm die Flasche ab, streckte mich weiter aus, als es nötig gewesen wäre, so wie ich das auch bei Drazen getan hatte, damit ich seine kühle, nasse Hand berühren konnte. Dann platzierte ich eine Ecke des Flaschendeckels auf die Metallkante der Arbeitsfläche und zog sie mit Kraft nach unten. Der Deckel verbog sich und flog ab, bevor er auf dem Boden auftraf. Ich hielt die Flasche für ihn hoch. »Bitte sehr.«

»Danke.« Er begutachtete die Flasche, dann mich. »Siehst du das Mädchen dort drüben?« Er zeigte auf ein Mädchen, die wahrscheinlich in meinem Alter war. Sie hatte kurzes, dunkles Haar und trug gestreifte Leggins.

»Yeah.«

»In zwanzig Sekunden wird sie rüberkommen und mich fragen, an was ich gerade für meine Ausstellung arbeite. Ich möchte es ihr aber nicht sagen.«

»Dann tue es doch nicht.«

Wie aufs Stichwort sah das Mädchen Kevin und machte sich in unsere Richtung auf. Dies war das erste Mal, dass ich ihn als eine charmante Person erlebt hatte, und es wäre nicht das letzte Mal gewesen.

»Es wäre besser, wenn sie mich nicht fragen würde. Meine Werke sind vor einer Ausstellung geheim. Wenn ich es ihr erzählen würde, würde sie diese besitzen. Ihre Seele würde sie besitzen. Ich kann es nicht erklären.« Die Küche war überfüllt, was Gestreifte Leggins abbremste und uns näher zusammenrückte, während wir miteinander flüsterten.

»Ich verstehe das«, sagte ich. Ich hätte in diesem Moment alles verstanden, was er gesagt hätte. Ich hätte vorgegeben, Quantenmechanik zu verstehen, wenn er es mir denn erklärt hätte. »Sie sind bisher noch nicht auf die Welt gekommen«, fuhr ich fort. »Falls sie deine Ideen im Herstellungsprozess sehen würde, würde sie diese im Kindesalter kennenlernen. Deren Innenleben.«

»Mein Gott, du verstehst mich.«

Ich hatte keine freche Antwort parat. Ich wollte ihn verstehen. Ich wollte alles, was er von nun an sagen würde, verstehen. Er berührte mein Kinn. »Wenn ich dich jetzt küsse, dann würde sie sich umdrehen und verschwinden.«

Zurückblickend war das der schlechteste Anmachspruch, den ich jemals von ihm gehört hatte. Er hatte sich in dem darauffolgenden Jahr besser geschlagen. Aber auf dieser Party hatte es nicht mehr gebraucht als das Wort »Kuss« von seinen wunderschönen Lippen . Ich legte meine Hand auf seine Schulter und er ließ einen Arm um meine Hüfte gleiten. Unsere Lippen trafen sich und ich musste ein Stöhnen getränkt in Lust unterdrücken. Ich war bisher immer nur mit Darren zusammen gewesen und ich liebte ihn. Ich würde ihn immer lieben. Aber diesen Mann auf diese Art und Weise zu küssen, mit dem Geschmack von Malz und Schokolade auf seinen Lippen, entfachte eine körperliche Sensation in mir, die ich so zuvor noch nicht gekannt hatte, entfacht durch einen bloßen Kuss. Ich fühlte jede Pore seiner Zunge, jede Bewegung. Die Welt hörte auf zu existieren und meine Identität wurde zu einem Leuchten sexueller Begierde.

Ich lief danach heim und vor lauter Verlangen war es mir kaum möglich, mich fortzubewegen. Am darauffolgenden Tag machte ich mit Darren Schluss. Wenn sich Begierde so anfühlte, dann wollte ich mehr davon. Ich war erwacht, am Leben, nicht einfach nur sexy, sondern sinnlich. Gedanken an ihn infizierten mich, bis ich ihn endlich wieder sah, wir zusammen ins Bett fielen und es wie die Tiere trieben.

Als ich es schlussendlich vollbrachte hatte, unsere Beziehung zu beenden, heulend, hatte ich realisiert, dass ich ihm erlaubt hatte, mich durch meine Sexualität zu kontrollieren und zu manipulieren. Er hatte mir meine Musik geraubt und sie unter dem Gewicht seines eigenen Talentes zerschmettert. Er hatte ignoriert, was ich produzierte, es abgewiesen, es schlecht gemacht. Es war soweit gekommen, dass ich nach drei Monaten kein Wort mehr singen konnte. Instrumente, die ich in die Hand genommen hatte, waren als emotionaler Knüppel gegen mich verwendet worden. Ich hatte mich noch nie zuvor in meinem Leben so schöpferisch tot und im gleichen Moment so sexuell lebendig gefühlt.

Als ich schließlich die Kraft aufgebracht hatte, ihn zu verlassen, schwor ich mir selbst, dass ich das nie wieder zulassen würde.

acht

Ich machte meinen Spind zu und dachte an diese Tickets für das Spiel der Dodgers an der Base Line. Ein Unternehmen bekommt eine Stadionloge. Ein echter Fan bekommt Tickets in der Höhe des Spielfeldes. Verdammt sei der Luxus. Ich hatte noch nie ein Spiel von diesem Winkel aus gesehen.

Debbie kam in die Umkleidekabine, die vor verschiedenen Gesprächen nur so summte, wo geflirtet und Spindtüren zugeschmissen wurden, und gab uns unsere Trinkgeldumschläge. »Das war eine gute Nacht«, sagte sie, bevor sie näher an mich herantrat. »Jemand wartet auf dich am Vordereingang. Falls du ihm aus dem Weg gehen möchtest, dann geh stattdessen über den Parkplatz, aber sei nett. Er ist ein Freund des Hotels.«

»Kann ich dich etwas fragen?«

»Aber schnell, ich muss abzählen.«

»Wie viele Drinks hatte er?«, fragte ich so leise wie möglich.

Debbie lächelte, als hätte ich genau die richtige Frage gestellt. »Zwei. Er trinkt so langsam wie ein Baby.«

»Ich weiß, dass du mich noch nicht sehr gut kennst, aber... wäre es ein Fehler, wenn ich vorne rausgehen würde?«

»Nur wenn du es zu ernst nimmst.«

»Danke.«

Debbie ging, um die anderen Umschläge auszuteilen. Was sie mir gesagt hatte, erleichterte mich wirklich. Es zeigte die Grenzen noch viel klarer auf. Ich könnte mich mit ihm treffen, ihm nahe sein und diese Vorfreude vor dem Sex mit ihm erleben, aber ich musste mir darüber Gedanken machen, ob ich es wirklich riskieren wollte, mit ihm ins Bett zu hüpfen. Faire Warnung.

neun

Jonathan stand in der Lobby, redete und lachte mit Sam, so wie man das eben mit einem guten Kumpel machte. Ich würde nicht auf ihn zugehen, wenn mein Boss gleich daneben stand. Sam schien, ausgehend von den fünfzehn Minuten, die wir uns bisher unterhalten hatten, wirklich ein feiner Kerl zu sein. Mit seinem weißen Haar und der schlanken Figur sah er wie ein Nachrichtensprecher mit einer geschäftlichen Aura aus, die ihn umgab. Ich drückte mich durch die Drehtür, sicher, dass mir das Schicksal eine helfende Hand bei der Entscheidung gereicht hatte, ob ich Drazen nun außerhalb der Dachterrasse sehen sollte oder nicht.

Ich war bereits drei Schritte in die heiße Nachtluft getreten, als ich ihn meinen Namen rufen hörte.

»Verfolgst du mich?«, fragte ich und verlangsamte dann meine Schritte, als ich zum Parkplatz lief.

»Ich wollte nur etwas Gesellschaft, während ich zu meinem Auto laufe.«

Wir spazierten die Flower Street entlang, welche zu den Parkplätzen im Untergrund führte. Jede normale Person hätte sich für den Weg durchs Hotel entschieden.

»Woher kennst du Sam?«, fragte ich.

»Er hat mich meiner Ex-Frau vorgestellt, was ich versuche, ihm nicht vorzuhalten.«

»Du scheinst dich ganz gut zu schlagen«, sagte ich. »Warst du schon immer so total blau?«

Er neigte seinen Kopf um einige Grad.

»Dodger Fan«, beantwortete ich seine unausgesprochene Frage. »Ich hätte dich eher für einen Fan der Angels gehalten.«

»Ah. Weil ich Geld habe?«

»Irgendwie schon.«

»Ich bevorzuge ein wenig Charakterstärke«, sagte er mit einem Lächeln, das den Nachthimmel erleuchten könnte.

»Ist das auch der Grund, warum du mich nach der Arbeit treffen wolltest?«, fragte ich, während ich auf den Parkplatz einbog.

»Irgendwie schon.«

Er ließ mich vorgehen, als wir in die Untergrundpassage liefen, und ich spürte seine Augen auf mir, während er mir folgte. Es war kein unangenehmes Gefühl. Als wir zum Ende der Rampe kamen, hielten wir an. Ich hatte mein Auto auf dem Level für Mitarbeiter geparkt und sein Auto stand in dem Bereich mit dem Parkdienst. Ich hob meine Hand, um ihm beim Abschied zu winken.

»Es war nett, sich mit dir zu unterhalten«, sagte ich.

»Finde ich auch.«

Wir standen uns gegenüber und liefen rückwärts, in unterschiedliche Richtungen.

»Bis demnächst«, sagte ich.

»Okay.« Er winkte mir zu, als er - groß und wunderschön - in der flachen Beleuchtung auf der grauen Parkfläche stand.

»Pass auf dich auf.«

»Was muss ich sagen?«

»Du musst >bitte< sagen«, entgegnete ich.

»Bitte.«

»Wohin wirst du mich bringen?«

»Komm schon. Schreib einem deiner Freunde, mit wem du gerade zusammen bist, nur für den Fall, dass ich ein Psychokiller bin.

zehn

Da es noch so früh am Morgen war, hatten wir eine freie Fahrt zur Westside. Ich war in sein Mercedes Cabrio mit dem Gedanken eingestiegen, dass die meisten Killer wohl nicht ohne Verdeck herumfahren würden, wo man alles sehen könnte. Also ließ ich den Wind mein Haar einfach in ein Vogelnest verwandeln. Jonathan fuhr mit einer Hand, und als ich seine Finger beobachtete, wie sie sich bewegten und über das Lenkrad strichen, die Haare auf seinem Handrücken, das starke Handgelenk, stellte ich mir vor, wie er sie über meinen Körper gleiten ließ. Ich griff nach dem Ledersitz und versuchte meine Gedanken zu sammeln, sie auf etwas anderes zu konzentrieren, irgendetwas anderes, aber sogar das Leder hatte sich gegen mich verschworen. »Also, schleppst du öfters mal Bedienungen ab?«

Er grinste und sah kurz aus den Augenwinkeln zu mir rüber. Der Wind machte auch verrückte Sachen mit seinen Haaren, aber bei ihm hatte es nur zur Folge, dass er noch heißer aussah. Ich sah mit Sicherheit bereits wie Medusa aus. »Nur die attraktiven.«

»Ich schätze, dass ich das als ein Kompliment ansehen sollte.«

»Das solltest du auf jeden Fall.«

»Ich werde nicht mit dir schlafen.«

»Das hast du schon einmal erwähnt.«

Also vielleicht waren die Gerüchte, dass er ein totaler Frauenheld war, tatsächlich wahr. Na ja, ich hatte ihm bereits gesagt, dass Sex nicht auf der Speisekarte stand, also konnte er frauenhelden so viel er wollte. Machte mir nichts aus. Ich war neugierig, das war alles. Wer war dieser Mann nur? Wie fühlte es sich an, er zu sein? Nicht, dass es wichtig wäre, denn wie bereits erwähnt, ich hatte ja keine Zeit für Herzschmerz.

»Was ist dein Instrument, Monica? Du hast gesagt, dass du eine Musikerin bist.«

»Hauptsächlich meine Stimme«, sagte ich. »Aber ich spiele so ziemlich alles. Ich beherrsche das Klavier, die Gitarre, die Viola. Letztes Jahr habe ich gelernt, wie man das Theremin spielt.«

»Was ist das?«

»Oh, es ist wunderschön. Du berührst es beim Spielen nicht. Es gibt ein elektrisches Signal zwischen zwei Antennen und du bewegst zwischen diesem Bereich deine Hände, um einen Ton zu erzeugen. Der Klang verfolgt dich noch in deine Träume, einfach unbeschreiblich.«

»Du spielst es, ohne es zu berühren?«

»Genau, du bewegst nur deine Hände. Wie in einem Tanz.«

»Also das muss ich sehen.«

Als er seinen Kopf in meine Richtung neigte, dachte ich nur, *oh nein.* Er wollte, dass ich es für ihn spielte. Niemals. Aus irgendeinem Grund fühlte ich mich bei dem Gedanken, dass er mich spielen oder singen sehen würde, verletzlich und dazu war ich nicht bereit. »Du kannst dir auf You Tube Menschen anschauen, die das Instrument spielen.«

»Schon möglich. Aber ich will *dich* dabei sehen, wie du es spielst.«

Ich wusste nicht wohin er fuhr, also wusste ich auch nicht, wie lange die Fahrt dauern würde. Ich wollte aber das Thema von meiner Person weglenken, bevor ich ihm noch etwas erzählte, was ich später bereuen würde. Ich musste mich daran erinnern, dass er ein Freund von meinem neuen Boss war und ich mochte es, bei *Stock* zu arbeiten.

»Was machst du sonst noch so, abgesehen davon, dass du Hotels besitzt und sehr attraktive Bedienungen abschleppst?«

»Ich besitze eine Menge Dinge, und all diese Dinge bedürfen meiner Aufmerksamkeit.«

Er parkte schließlich an der Straßenseite. Wir befanden uns an der abgelegensten Stelle von Mulholland. Der Teil, der eher wie ein vernachlässigter Park aussah und nicht wie der kostbarste Grundbesitz im gesamten Raum von Los Angeles County. Nur eine schmale Leitplanke stand zwischen dem Auto und einem fast senkrecht abfallenden Abhang runter ins Tal und den leuchtenden Nachtlichtern an diesem Samstag.

»Lass uns einen Blick wagen«, sagte er, als er die Handbremse anzog.

Ich stieg aus, dankbar für die Möglichkeit meine Beine auszustrecken, und schloss die Autotür hinter mir. Ich lief zum Abhang, um die Stadt überblicken zu können. Meine Absätze waren auf diesem steinigen Gelände nicht vorteilhaft, aber ich versuchte es mir nicht ansehen zu lassen. Sie waren bequem, aber es waren eben keine Wanderschuhe. Ich stand nah an der Leitplanke, lehnte mit meinen Knien dagegen. Ich fühlte ihn hinter mir, wie er seine eigene Tür schloss und seine Schlüssel klimperten. Ich war schon an ähnlichen Orten gewesen. Es gab tausende, die in der Stadt verteilt lagen und die von Hügeln und Bergen umgeben waren. Vor langer Zeit, noch bevor ich Darren zum ersten Mal geküsst hatte, war ich auch schon einmal an so einem Ort gewesen, hin- und herrutschend auf der Rückbank von Peter Dunbars Nissan. Und nach dem Abschlussball war ich noch einmal dort hingegangen, um zu viel zu trinken und mit Darren hinter einem Baum Liebe zu machen.

»Wohnst du irgendwo hier oben?«, fragte ich.

»Ich wohne in Griffith Park.« Er trat hinter mich. »Die hellen Lichter dort drüben gehören zu den Universal Studios. Auf der rechten Seite, dieser schwarze Bereich, das ist der Hollywood Staudamm.« Ich konnte seinen Atem in meinem Nacken spüren. »Der Stadtteil Toluca Lake ist auf der linken Seite zu sehen.« Er legte seine Hand in meinen Nacken, in dem jetzt jedes Nervenende lokalisiert war, da diese seiner Berührung folgten, während er meine Haut streichelte. Genauso wie diese kleinen Magnetpartikel auf Plaste, mit denen ich als Kind gespielt hatte. Wenn du den Stift bewegt hattest, dann bewegten sich auch die Partikel, und ich bog meinen Nacken, denn ich wollte mehr. »Der Rest«, sagte er, »ist die Hölle auf Erden. Nicht zu empfehlen.«

Dann küsste er mich im Nacken. Seine Lippen waren voll und samtweich. Seine Zunge fuhr über meine Schulter. Ich keuchte. Ich wusste nicht, was ich sagen sollte. Auch nicht, als ich seine Erektion gegen meinen Rücken gedrückt spürte und sich seine Hände zu meinem Bauch vorarbeiteten, während er mich durch meine Klamotten hindurch erkundete. Gott, ich war seit einer langen Zeit nicht mehr so berührt worden. Wann genau hatte ich nochmal entschieden, dass Männer ein zu großes Problem darstellen würden? Waren eineinhalb Jahre vergangen, seitdem ich Kevin wie einen zu warmen Mantel entsorgt hatte? Ich konnte es nicht genau sagen. Drazens Lippen waren mehr als nur Lippen; sie waren die physikalische Erinnerung an mich selbst, bevor ich mich von Sex abgewendet hatte, um der Musik zu folgen.

Ich drehte meinen Kopf, suchte nach seinen Lippen, mein Mund für ihn geöffnet, genau wie es auch seiner für mich war. Wir trafen aufeinander, Zungen verschmolzen, seine Brust an meinem Rücken, seine Hände, die unter mein T-Shirt geglitten waren und nun über meine Nippel strichen.

Ich stöhnte und drehte mich vollständig zu ihm herum. Er presste mich sofort gegen das Auto. Die Härte zwischen seinen Beinen fühlte sich an meinem Oberschenkel einfach riesig an. Er ließ seine Hand nach unten gleiten und spreizte meine Beine. Mit seiner Hand auf meinem Oberschenkel sah er mich an und die Intensität der Lust, die ich in seinen Augen sah, wirkte schon fast einschüchternd, aber Sinn und Verstand hatten in diesem Moment keinen Platz in meinem Leben. Der Gedanke ihm zu sagen, *»Nein, hör auf. Ich brauche Schlaf, damit ich für die Probe morgen ausgeruht bin«*, kam mir nicht einmal in den Sinn. Er presste seine Hüften zwischen meine Beine und dann küsste er mich wieder. Ich verzehrte mich nach ihm. Die Hitze zwischen meinen Beinen wuchs an, zu einem glühenden Ballon, angefüllt mit Begierde. Wir hörten nicht auf, uns zu küssen und uns aneinander zu reiben, unsere Hände waren einfach überall. Ich zwickte seine Brustwarze durch sein Hemd hindurch, woraufhin er aufkeuchte und mir in den Nacken biss. Ich hasste meine Klamotten. Ich hasste jede einzelne Schicht von Material zwischen mir und seinem Schwanz. Ich wollte seinen Körper über mir haben, schwitzend, seinen Schwanz hart und heiß, seine Hände auf meinen Brüsten. Ich wollte, dass dieser harte Trockensex zur Realität wurde, feucht, während er in mich hineinstieß.

Sirenen zerstörten mein Trommelfell. Ich wäre fast an meiner eigenen Spucke erstickt. Jonathan sah über seine Schulter hinweg zu dem Polizeiauto, und die Anspannung in seinem Nacken war das letzte, was ich sah, bevor das Licht zu hell wurde, um irgendetwas zu erkennen. Ich nahm meine Beine runter und als er sein Gewicht von meinem Körper genommen hatte, reichte er mir seine Hand, um mir von der Motorhaube zu helfen.

»Guten Morgen«, vernahm ich von einer männlichen Stimme hinter dem blendenden Licht, die von der Fahrerseite zu kommen schien. Die Beifahrertür öffnete sich und eine Polizistin stieg aus.

»Guten Morgen«, antworteten Jonathan und ich wie kleine Kinder, die ihren Lehrer in der dritten Klasse begrüßten. Er verwob seine Finger mit meinen. Die Polizistin schwenkte ihre Taschenlampe auf mein Gesicht. Ich wich einen Schritt zurück.

»Geht es Ihnen gut, Miss?«

»Yeah.«

»Kann ich Sie bitten, sich von dem Gentleman zu entfernen? Kommen Sie zu mir.«

Das tat ich, Hände nach oben, damit sie wusste, dass ich nicht nach irgendetwas griff. Die Polizistin zerrte mich außer Hörweite.

»Kennen Sie diesen Mann?«, fragte sie, während sie ein wenig Licht auf meine Pupillen fallen ließ, um zu sehen, ob ich auf irgendetwas Stärkerem als Pheromonen wäre.

»Ja.«

»Sind Sie aus freien Stücken hier?«

»Ja.«

»Das war schon heiß.« Sie entfernte ruckartig ihr kleines Licht von meinem Gesicht. »Aber das nächste Mal suchen sie sich ein Zimmer, ist das klar?«

elf

Auf dem Weg nach Hause kühlten wir uns wieder ab. Ich ließ meine Beine zusammen gepresst und seine Hand blieb auf dem Schalthebel liegen. Als ich Jonathan erzählte, dass die Polizistin zu mir gesagt hatte, dass wir uns ein Zimmer suchen sollten, lachte er.

»Wenn sie nur gewusst hätte, mit wem sie sich da unterhalten hat«, sagte er. Nach ein paar Minuten hielt er an einer Ampel an und drehte sich zu mir. »Also, warum genau hast du mir erzählt, dass du nicht mit mir schlafen willst, nur um dich dann auf der Motorhaube gegen meinen Schwanz zu pressen?«

Diese Frage nervte mich ein wenig, denn er hatte mich schließlich dorthin gebracht und damit angefangen, meinen Hals zu küssen. Allerdings konnte ich natürlich nicht so tun, als wäre ich in diesem Moment nicht genauso verantwortlich für diese urtümliche Hitze gewesen.

»Ich habe...« Ich musste kurz überlegen. Die Ampel stellte sich um und als er seinen Kopf wieder zur Straße drehte, fühlte ich, dass ich frei reden konnte. »Ich habe Dinge, an denen ich arbeiten muss. Ich kann nicht einfach die ganze Nacht aufbleiben und Sex haben, denn sonst würde ich mir meine Stimme versauen. Ich kann nicht an einen Mann denken, irgendeinen Mann, nimm das jetzt nicht persönlich, wenn ich doch Lieder schreiben sollte. Mir Zeit für das Schreiben von Liedern zu nehmen, neben den Auftritten und der Arbeit, ist schon schwierig genug, ohne dass ich auch noch die Zeit für einen festen Freund finden muss. Was ich meine ist, dass ich im Leben auf etwas verzichten musste, und das sind Männer.«

Er nickte und dachte darüber nach. Er rieb sich über sein leicht stoppeliges Kinn. Mein Nacken erinnerte sich gerne daran. »Ich verstehe das.«

»Also,…es tut mir leid, dass ich dir Hoffnung gemacht habe. Das war nicht richtig.«

Er lachte laut los, etwas unangebracht, wenn man bedachte, was ich ihm gerade erzählt hatte, aber es schien ihm nicht peinlich zu sein.

»Was ist denn bitte so lustig?«, fragte ich.

»Du klaust mir meine ganzen guten Sprüche.«

»Ich hatte nicht vor, dir deine Schau zu stehlen.«

»Kein Problem. Ich habe es genossen.«

Ich lehnte mich zurück und beobachtete, wie sich die Umgebung, von der verdreht dargestellten Aufforstung von Mulholland zu dem weitflächigen Highway 101, veränderte. Wie war ich nur in dieses Auto gekommen, um vier Uhr am Morgen und dazu noch mit einem stadtbekannten Frauenheld? Ja, er sah umwerfend aus, kannte die richtigen Orte und wusste genau, wo er mich berühren musste, aber mal ehrlich? Wie blöd war ich eigentlich? Wie viele Frauen waren bereits auf diesen Blödsinn reingefallen, und ich wäre die nächste Kerbe im Bettpfosten geworden?

Der Wind erschwerte eine Unterhaltung, bis wir zum Stadtzentrum einbogen. »Was genau ist das mit dir und der Geschichte, dass du von einem Bett ins nächste hüpfst?«, fragte ich.

»Was meinst du?«

»All die Frauen. Du hast einen Ruf.«

»Habe ich das?« Er grinste blöd, aber sah mich nicht an, während er fuhr. »Und trotzdem bist du nicht vo vor mir davongerannt?«

»Ich vertraue mir. Ich vertraue meinem Instinkt und meinen Entscheidungen. Du machst mich einfach nur neugierig, das ist alles.«

Er zuckte mit den Achseln. »Was denkst du, ist dein Ruf?«

»Ich habe keinen.«

»Natürlich hast du das. Jeder hat einen. Wenn die Leute über Monica reden, was sagen sie dann, außer dass sie wunderschön ist?«

Ich ignorierte das Kompliment. Da es von jemandem kam, der beinahe auf einer Motorhaube zum Zuge gekommen war, bedeutete es nicht viel. »Ich schätze, sie sagen, dass ich ehrgeizig bin. Ich hoffe, sie sagen, dass ich talentiert bin. Mein Freund Darren würde sagen, dass ich kalt bin.«

»Hat er versucht, dich ins Bett zu bekommen?«

»Halt doch die Fresse.« Er sah kurz zu mir rüber und wir lächelten uns an. »Ich bin sechseinhalb Jahre mit ihm zusammen gewesen. Er hat es also nicht für eine lange Zeit probieren müssen.«

»War es eine schwierige Trennung?« Er hielt wieder an einer Ampel an und schenkte mir seine Aufmerksamkeit, indem er seine Augen auf mich richtete, bereit für den Fall mich zu trösten oder mir Weisheiten an den Kopf zu werfen.

»Nein. Es war das Einfachste, das wir jemals gemacht haben.« Ich konnte von der Art und Weise, wie er mich ansah, nicht sagen, was er gerade dachte, aber er wurde ernst, keine Spur von seinem flirtenden Ton war mehr zu hören.

»Einfach für *dich*?«

»Für uns beide. Die Beziehung war schon seit langer Zeit am Sterben gewesen.«

Er sah aus seinem Fenster und rieb sich mit zwei Fingern über seine Lippen.

»Du willst mir etwas sagen«, sagte ich. »Ich will nicht deine feste Freundin werden, also wird es dich auch nicht umbringen, ehrlich mit mir zu sein.«

Das *Stock* und auch mein Auto waren noch einen Block entfernt. Er hielt am Straßenrand an und parkte den Mercedes, drehte aber nicht den Schlüssel.

»Willst du es wirklich wissen?«

»Bitte.«

»Warum?«

»Weil du mich neugierig machst.«

Er grinste. »Meine Frau und ich waren über den gleichen Zeitraum verheiratet gewesen. Es war nicht einfach.« Er rieb über das Lenkrad und ich erkannte, dass er es bereits bereute, mir den ersten Teil erzählt zu haben. Es war schon zu spät, um jetzt aufzugeben. Deswegen wartete ich, bis er schließlich sagte: »Sie hat mich verlassen und alles mitgenommen.«

»Das verstehe ich nicht. Bist du pleite?«

Er drehte sich zu mir. »Sie hat nicht mal ein Zehn-Cent-Stück mitgenommen. Sie hat aber all das mitgenommen, was wirklich *Bedeutung* hatte.«

Ich fühlte mit ihm und dann merkte ich, wie dämlich ich war, überhaupt etwas zu fühlen. Ich wollte seine Hand halten und ihm sagen, dass er eines Tages darüber wegkommen würde, aber nichts wäre in diesem Moment unangebrachter gewesen.

»Ich bin irgendwie hungrig«, sagte ich. »An der Ecke von First und Olive Street stehen heute Trucks, die Essen verkaufen. Auf einem Parkplatz. Wenn du willst, kannst du mitkommen.«

»Es ist vier Uhr morgens.«

»Oder komm nicht, wie du willst.«

»Du bist ein ganz schön zäher Knochen. Hat dir das schon einmal jemand gesagt?«

Ich zuckte mit den Schultern. Ich war wirklich hungrig, und im Moment klang nichts besser als Kogi Kimchi Quesadillas.

zwölf

Als Jonathan die Uhrzeit erwähnte, hatte er nicht unrecht gehabt. Vier Uhr am Morgen war wirklich spät. Der Beweis dafür zeigte sich, als er einen Parkplatz einen halben Block entfernt gefunden hatte. Wir mussten zu dem eigentlichen Parkplatz hinlaufen, gegen den Strom von zwanzig oder dreißig Partygängern, die sich davonmachten. Ein Drittel davon war jetzt etwas nüchterner als zum Zeitpunkt der Ankunft, mit Essen beladen, das in Wachspapier eingewickelt oder in umweltfreundlichen Boxen war. Die Parkfläche war recht klein, da sie sich ja in der Stadtmitte befand und nicht zu einem großen Markt wie Costco gehörte. Die einzigen geparkten Fahrzeuge standen an der Absperrkette, leuchtend bunte Trucks, aus denen köstliche Düfte aus der ganzen Welt herüberwehten. Mein Kogi-Truck war auch da, sowie ein Gourmet Popcorn-Truck, traditionell gegrillter Käse, Hummer Popper, Eiscreme, Sushi und mongolisches Barbecue. Der Abfall der Nacht bedeckte den Asphalt, zusammen mit dem grellen, weißen Licht von den Scheinwerfern der Trucks. Es war nie bekannt, wo die Trucks parken würden. Alles lief über Tweets oder Gerüchte. Jeder der Trucks brachte eigene Tische,

Stühle, Mülleimer und Lichtquellen mit. Die Kunden kamen zwischen Mitternacht und wann auch immer.

Ich ließ meinen Blick über den Parkplatz schweifen, um zu sehen, ob ich jemanden kannte, um vielleicht Hallo sagen zu können, aber andererseits wünschte ich mir einfach nur mit Jonathan allein zu sein.

»Mein Kogi-Truck ist dort drüben«, sagte ich.

»Ich fliege nächste Woche nach Korea. Das letzte, was ich jetzt noch brauche, ist mich mit Kogi vollzuschlagen. Hast du Tipo's Tacos schon einmal probiert?«

»Tacos? Echt jetzt?«

»Komm schon.« Er nahm meine Hand und zog mich zum Taco-Truck rüber. »Du bist doch kein Vegetarier, oder?«

»Nein.«

»*Hola*«, sagte er zu dem Mann in dem Fenster, der so aussah, als wäre er ungefähr in meinem Alter oder vielleicht etwas jünger. Er lächelte breit und hatte einen kleinen Schnauzbart. »*Que tal?*«, fuhr er fort. Das war auch schon meine ganze Bandbreite, wenn es um meine Spanischkenntnisse ging. Bei Jonathan sah das allerdings anders aus. Er fing an, Worte aneinander zu reihen, stellte Fragen, und wenn das Gelächter zwischen ihm und diesem Typ mit dem Schnauzbart ein Anhaltspunkt war, dann scherzten sie miteinander. Wenn ich meine Augen geschlossen hätte, hätte ich annehmen können, dass er ein total anderer Mann war.

»Du sprichst Spanisch?«, fragte ich.

»Ich lebe in Los Angeles«, antwortete Jonathan, als ob es auf der Welt keine offensichtlichere Antwort geben könnte.

»Du sprichst es nicht?«, fragte mich der kleine Schnauzbart.
»Nein.«

Daraufhin sagte er etwas zu Jonathan, was zu mehr Gesprächsthemen führte. Ich fühlte mich ausgeschlossen. Es war klar, dass sie über mich sprachen.

»Er will wissen, ob du genauso schlau bist, wie du auch wunderschön bist«, sagte Jonathan.

»Was hast du ihm geantwortet?«

»Das die Chancen gut stehen, aber dass ich mehr Zeit brauche, um dich besser kennenzulernen.«

»Hast du mir während dieser Unterhaltung auch irgendwann einen Taco bestellt?«

»Nur einen?«

»Ja. Nur einen.«

»Die sind doch so klein.« Er malte mit seiner Hand einen Kreis in die Luft und lächelte mich wie ein alter Opa an, der seiner Enkelin sagte, dass sie viel zu dünn war.

Ich kniff ihn in die Seite und da gab es nicht viel zum Reinkneifen. Alles war hart und fest. »Einen«, sagte ich, während ich versuchte zu vergessen, dass ich ihn gerade berührt hatte.

Wir setzten uns an einen langen Tisch. Einige von den Trucks machten sich zum Aufbruch bereit. Es lag ein Gefühl der Stille und Endgültigkeit in der Luft. Das Gefühl, das wir die Nachteulen und Partygänger übertroffen hatten. Ich verputzte den Taco in drei Bissen und drehte mich um, lehnte mich mit dem Rücken an den Tisch und streckte meine Beine aus.

Er nahm einen Schluck von seinem Wasser und berührte meinen Oberarm mit seinem Daumen. »Keine Tattoos?«

»Nein. Warum fragst du?«

»Ich weiß auch nicht. Mitte Zwanzig. Musikerin. Lebt in Echo Park. Du brauchst Tattoos und Piercings, um in die Szene reinzukommen.«

Ich schüttelte meinen Kopf. »Ich bin ein paar Mal hin, konnte mich aber nie festlegen. Meine beste Freundin Gabby hat ein paar. Einmal habe ich sie begleitet und ich konnte mich nicht entscheiden. Und überhaupt, es wäre komisch gewesen.«

»Warum?« Er fiel gerade über seinen letzten Taco her, also fühlte ich mich dazu verpflichtet, die Unterhaltung am Laufen zu halten, bis er aufgegessen hatte.

»Sie hat sich etwas Bedeutendes stechen lassen. Auf der Innenseite ihres Handgelenks hat sie sich die Worte *Never Again*, Niemals Wieder, über ihre Narben stechen lassen, die sie sich selbst zugefügt hatte. Ich konnte die Bedeutung dieses Tattoos nicht abwerten, indem ich mir etwas Nichtiges tätowieren lasse.«

Er verzehrte seinen letzten Bissen und knüllte die Serviette zu einem Ball zusammen. »Was ist passiert, dass sie das Bedürfnis hatte, Selbstmord zu begehen?«

»Wir wissen es nicht. Nicht einmal sie weiß es. Das Leben, schätze ich.« Ich wollte ihm erzählen, dass ich sie gefunden hatte und im Krankenhaus bei ihr geblieben war, dass ich mich um sie gekümmert hatte, aber ich dachte, dass das Thema so schon heftig genug gewesen war. »Ich habe aber ein Piercing«, sagte ich. »Willst du's sehen?«

»Ich kann deine Ohren auch ganz gut von hier sehen.«

Ich hob mein T-Shirt an, um ihm mein Bauchnabelpiercing mit dem unechten Diamanten zu zeigen. »Und ja, es hat wehgetan.«

»Ah«, sagte er. »Sehr hübsch.«

Er berührte es und spreizte dann seine Hand auf meinem Bauch aus. Sein kleiner Finger streifte dabei den Bund meiner Hose, woraufhin ich laut aufkeuchte. Er übte ein wenig Druck aus, um mich näher in seine Richtung zu manövrieren; ich folgte ihm und dann küsste ich ihn wieder.

Seine Stoppeln kratzten über meine Lippen und seine Zunge schmeckte wie das Wasser, das er gerade erst getrunken hatte. Ich legte meine Hände auf seine Wangen und ließ sie dann in seine Haare gleiten.

Es war ein hinreißendes Gefühl, und verdammt und sinnlos, aber es war schon spät und er was so gutaussehend und lustig. Ich war vielleicht nicht an einem festen Freund interessiert, aber ich war auch nicht aus Stein.

Als Kleiner Schnauzbart damit anfing, den Tisch abzubauen, mussten wir zugeben, dass es Zeit zum gehen war. Der Himmel hatte sich von einem Marineblau in ein Cyanblau verwandelt und die Luft erwärmte sich mit dem Auftauchen der ersten Sonnenstrahlen.

Wir erreichten sein Auto, bevor er die Parkuhr hätte füttern müssen. Wir sagten nichts, als er auf den Parkplatz vom *Stock* und dann die zwei Stockwerke nach unten fuhr, um zu meinem einsamen Honda zu gelangen, der im Mitarbeiterbereich stand. Ich öffnete die Tür mit einem Geräusch, das durch den leeren Untergrund hallte.

»Danke«, sagte er. »Ich werde dich wahrscheinlich irgendwann mal wieder im Hotel sehen.«

»Wir können so tun, als wäre es nie passiert.«

»Das liegt bei dir.« Er streichelte mir mit den Fingerspitzen über die Wange und es fühlte sich an, als wäre ein elektrisches Kabel in meinem Nervensystem gerade erweckt worden. »Ich hätte nichts dagegen, zu beenden, was wir angefangen haben.«

»Wir sollten uns keine Versprechungen machen.«

»Alles klar. Keine Versprechungen«, sagte er.

»Keine Lügen«, gab ich zurück.

»Bis bald.«

Wir trennten uns ohne einen Abschiedskuss.

dreizehn

Gabby und ich lebten in dem Haus, in dem ich aufgewachsen war, welches zudem auf dem zweit-steilsten Hügel in Los Angeles lag. Als meine Eltern umgezogen waren, hatten sie mir erlaubt, in dem Haus wohnen zu bleiben, solange ich Miete bezahlen würde, was die Grundstückszinsen und die Nebenkosten abdeckte. Ich war mir sicher, dass ich wohl niemals ausziehen müsste. Ich hatte zwei Schlafzimmer und einen kleinen Garten vor dem Haus. Das Haus hatte sich als wertloses Stück Dreck herausgestellt, als sie es in den Achtzigern gekauft hatten. Jetzt hatte ich auf der Westseite einen Kardiologen und auf der Ostseite eine Montessori Schule, wo das Schulgeld $1.800 im Monat kostete, als Nachbarn.

In der gleichen Nacht, als mich Jonathan Drazen zum Mulholland Drive gebracht hatte, fand ich bei meiner Heimkehr, Darren schlafend auf der Couch vor. Wir hatten abgemacht, dass wir Gabby nicht allein lassen würden, bis wir sicher waren, dass sie okay war. Nach einer Woche, in der sie nun bereits wieder Medikamente nahm, ging es ihr allerdings noch immer nicht besser. Die ersten Sonnenstrahlen des Morgens kamen durch die Vorhänge, also konnte ich genug sehen, um an den Pizzaboxen, die auf dem Boden verteilt lagen, herumzulaufen, umins Badezimmer zu gelangen.

Ich schaute mein Spiegelbild an. Das Cabrio hatte eine totale Verwüstung auf meinem Kopf hinterlassen und mein Make-up war fort, wahrscheinlich verteilt auf Jonathans Gesicht.

Ich fühlte seine Berührungen noch immer: seine Lippen auf meinem Nacken, seine Hände, wie sie meine Brüste durch mein T-Shirt hindurch berührten. Meine Finger verfolgten den Pfad, den seine Hände bestritten hatten und mein Geschlecht fühlte sich wie eine überreife Frucht an. Ich steckte meine Hand in meine Jeans, ein Knie auf dem Waschbecken und kam unter dem fluoreszierenden Licht so schnell und hart, dass sich mein Rücken durchbog und ich bei meiner eigenen Berührung stöhnen musste. Es war Zeitverschwendung. Ich wollte ihn noch genauso sehr wie vor meinem Orgasmus.

Mein Gott, dachte ich, wieso tat ich mir das an? Was war aus mir geworden?

Ich musste es vermeiden, ihm je wieder zu begegnen. Ich brauchte seine Lippen und seine starken Hände nicht. Wenn ich das Bedürfnis nach Befriedigung verspüren sollte, könnte ich mit Leichtigkeit einen anderen Mann auftreiben. Ich brauchte keinen, der so sauer auf seine Ex-Frau war, der es fertig bringen würde, dass ich mich in ihn verliebte, noch bevor er sich dafür entschuldigen würde, dass er mir falsche Hoffnungen gemacht hatte. Er wollte Frauen wehtun und es gab nichts, dass meine kreativen Säfte schneller außer Gefecht setzen würde als Herzschmerz. Nein; ich entschied, als ich wieder raus in die Küche lief, dass jeder eine bessere Wahl wäre als Jonathan. .

Darren machte bereits Kaffee.

»Wo bist du gewesen?«, fragte er. »Es ist bereits halb sechs.«

»Ich habe mit *Werde-Den-Namen-Nicht-Sagen* die gesamte Westside erforscht.«

»Mister Umwerfend?« Er sagte es ohne einen Hauch von Eifersucht oder Stichelei in den Worten.

»Jep.«

»Ist er nett zu dir?«

»Er will mit mir schlafen, also ist es schwer zu beurteilen, ob er nett oder manipulativ ist«, sagte ich. »Wie geht's Gabby?«

»Unverändert.« Er holte zwei Tassen, und nahm einen fast leeren Karton Milch aus dem Kühlschrank. »Sie ist erst überschwänglich, dann abgestumpft. Sie hat angefangen zu zittern, weil sie letzte Nacht nicht spielen konnte. Verpasste Möglichkeit und so. Dann ist sie für eine Stunde hin und her geschaukelt.«

»Hast du sie ans Piano gesetzt?«

»Yeah, das hat geholfen. Wir müssen etwas für sie tun.«

»Sie würde sich aber nicht verändern«, sagte ich. »Selbst wenn sie im Staples Center spielen würde, wäre sie noch so.«

»Aber dann könnte sie es sich leisten, Hilfe zu bekommen, die richtigen Medikamente, vielleicht eine Therapie. Irgendetwas.« Ich nickte. Er hatte Recht. Wir wurden durch Armut zurückgehalten. »Und Vinny? Ich habe von diesem Typ nicht ein verdammtes Wort gehört. Ich habe versucht ihn anzurufen und seine Mailbox ist voll.« Er war am Ausrasten, während er dort mit seiner Kaffeetasse in der Hand stand.

»Wir haben weitere sechs Monate unseres Vertrages zu erfüllen, dann sind wir raus«, sagte ich.

»Sie hat aber keine sechs Monate mehr, Mon.«

»Okay, das verstehe ich.« Ich hielt ihn bei den Oberarmen und sah ihm ins Gesicht.

»Sie verhält sich jetzt so, wie sie es das letzte Mal getan hat, als du sie gefunden hast. Ich will einfach nicht - «

»Darren! Hör auf!«

Aber es war bereits zu spät. Der Stress des Abends hatte ihn eingeholt. Er blinzelte mehrmals, bevor die Tränen ihren Weg über seine Wange fanden. Ich umarmte ihn und wir hielten einander in der Küche fest, bis die Kaffeemaschine piepte. Er wischte sich mit dem Ärmel über die Augen, während er in seiner anderen Hand noch immer seine leere Tasse hielt. »Ich hab heute Morgen eine Schicht im Musikladen. Bleibst du bei ihr, bis die Proben anfangen?«

»Yeah.«

»Kann ich hier duschen, mein Wasserboiler ist im Arsch.«

»Fühl dich wie Zuhause. Häng einfach das Handtuch auf, wenn du fertig bist.«

Er spazierte aus der Küche und ich blieb mit unserem tropfenden Abfluss und dem dreckigen Fußboden zurück. Das Dach war undicht und das letzte Erdbeben hatte einen Riss im Fundament hinterlassen. Es war nett gewesen, in diesem Mercedes zu sitzen und mit jemandem herumzufahren, der niemals eine Minute damit verschwendete, über Geld nachzudenken. Es war eine nette Abwechslung gewesen, sich einmal keine Sorgen machen zu müssen und nur an das körperliche Vergnügen zu denken und was man für die nächsten paar Stunden damit anfangen könnte. Wirklich nett.

Darrens Laptop stand auf dem Küchentisch, ein Programm zur Musikproduktion war geöffnet, aber er war wahrscheinlich nicht dazu gekommen, sich damit zu beschäftigen, während er auf Gabby aufgepasst hatte. Ich machte mir einen Kaffee, rutschte auf den Stuhl und öffnete den Internet Browser. Wir knüpften Bandbreite von der Montessori Schule ab, wenn sie geschlossen war, also checkte ich meine E-Mails. Ich erinnerte mich an meine Unterhaltung mit Jonathan über seine Ex-Frau, also suchte ich nach ihr: Jessica Carnes.

Ich erhielt andere Bilder als die, die uns Darren den einen Tag gezeigt hatte. Jessica war eine abstrakte und konzeptionelle Künstlerin. Unter Google zu suchen, brachte eine Ansammlung von Bildern dieser Künstlerin und ihrer Kunstwerke zum Vorschein, die ich trotz Kevins Unterrichtung in Vokabeln der visuellen Kunst nicht verstand.

Jessica hatte lange, blonde Haare und das Gesicht einer Porzellanpuppe. Sie trug vielleicht ein wenig Make-up und benutzte Lockenwickler. Sie trug sehr hübsche flache Schuhe, aber es waren eben trotzdem flache Schuhe. Ihre Röcke waren lang und ihr Auftreten wirkte bescheiden. Sie war mein genaues Gegenteil. Ich hatte lange, braune Haare und schwarze Augen. Ich trug Make-up, enge Jeans, kurze Röcke und die höchsten High-Heels, die ich bewältigen konnte. Und schwarz. Ich trug sehr oft Schwarz, eine Farbe, der ich bisher nicht sehr viel Aufmerksamkeit geschenkt hatte, bis ich Jessica in all ihrer creme-, natur- und pastellfarbenen Perfektion gesehen hatte.

Auf der dritten Seite traf ich auf ein Hochzeitsfoto. Ich klickte es an.

Die Seite, auf die ich weitergeleitet wurde, war von ihrem Agenten erstellt worden und zeigte einen extravaganten Strandhintergrund, von dem ich bei meinem Kellnerinnengehalt nur träumen konnte. Ich scrollte nach unten, suchte nach seinem Gesicht. Ich fand ihn immer mal wieder mit Leuten, die ich nicht kannte oder an der Seite seiner Braut. Ein Foto weiter unten ließ mich innehalten. Ich seufzte, als ob die Luft durch eine externe Kraft aus mir herausgepresst wurde. Jessica und Jonathan standen zusammen, getrennt von der Menge. Ihr Rücken war zu drei Vierteln zur Kamera ausgerichtet und er sah sie an. Er sprach mit ihr, seine Augen von Freude erfüllt, glücklich, sein Gesicht ein offenes Buch über Liebe. Er sah wie ein völlig anderer Mann aus, während seine Fingerspitzen auf Jessicas Schlüsselbein ruhten. Ich wusste genau, wie sich diese Berührung anfühlte und ich beneidete dieses Schlüsselbein genug, um den Laptop mit einem Ruck zu zuklappen.

vierzehn

Ich wippte mit dem Bein. Die Zeit im Studio wurde stündlich abgerechnet und war nicht billig, trotzdem waren Gabby und ich allein. Sie saß natürlich am Klavier, bewegte ihre Finger mit ihrer üblichen Bravour über die Tasten, aber es war nur eine Art Therapie, sie übte nicht. Es dauerte zwanzig Minuten, um Darrens Schlagzeug aufzubauen. Der Smalltalk und die Entschuldigungen würden weitere fünfzehn Minuten in Anspruch nehmen und ich musste noch ein paar dieser dämlichen Standards für den Soloauftritt im *Frontage* diese Nacht einüben.

Ich saß auf einer Holzbank, gegenüber von dem Glasfenster, das das Studio vom Kontrollraum trennte. Der Raum stank nach Zigarettenqualm und menschlichen Ausdünstungen. Der Schallschutz an den Wänden und der Decke bestand aus Schaumstoff. Der Stoff war porös und ein Material, das jegliche Art von Bakterien und Gerüchen in sich aufsog. Und auch wenn ich gedacht hatte, dass ich den Schmerz, den Jonathan hinterlassen hatte, weggerubbelt hatte, wachte ich doch damit auf, und auch der erneute Orgasmus und der durchgebogene Rücken in der Dusche hatten nicht die erhoffte Wirkung gezeigt. Ich musste etwas tun, ich musste arbeiten. Diesen Typ unter meine Haut zu lassen, stellte sich schon jetzt als kontraproduktiv heraus.

Ich flüsterte, »I've got you, under my skin.« Dann stöhnte ich den Rest des Textes, als wäre ich rollig. Nein. Aber ja. Es war ein gutes Lied. Es drückte allerdings nicht aus, wie ich mich tatsächlich fühlte: frustriert und wütend. Ich haute also die letzte Zeile von dem Refrain, ohne Sinatras sanftes, murmelndes Geräusch am Ende, heraus. Bei mir klang es stattdessen eher wie ein langes, anklagendes Heulen.

»Warte kurz«, sagte Gabby. Sie nahm sich einen Moment Zeit, die richtige Melodie zu finden und ich sang den Refrain, wie ich ihn gespielt haben wollte.

»Wow, das war nicht wie Sinatra es gesungen hat«, sagte sie.

»Spiel es auf eine entspanntere Art und Weise, als ob wir jemanden verführen würden.« Ich tippte ihr einen langsameren Rhythmus vor und sie passte sich an. »Genau, Gabs. Das ist es.«

Ich stand auf und sang den Rest des Liedes, vereinnahmte ihn, sang, als wäre der Einmarsch nicht akzeptabel, als ob Insekten unter meine Haut krabbeln würden, denn ich wollte niemanden unter meiner Haut. Ich wollte allein gelassen werden, um meine Arbeit zu machen.

Es wäre nett gewesen, die Jungs hier zu haben, damit sie es hätten aufnehmen können, damit ich es mir anhören könnte, aber ich wusste, dass ich an etwas dran war. Der Raum im *Frontage* war klein, also benötigte ich weniger Wut und mehr von dem Gefühl des Unbehagens. Mehr Traurigkeit. Mehr von der Enttäuschung darüber, dass ich es soweit hatte kommen lassen. Ich wollte den Schmerz anflehen, mich in Ruhe zu lassen. Wenn ich das fertigbringen würde, dann würde ich es vielleicht auch genießen, ein paar Standards in einem Restaurant zu singen. Oder ich würde dafür gefeuert werden, dass ich sie geändert hatte. Konnte man nicht genau vorhersagen.

Ich fing nochmal von vorne an. Das erste Mal als ich das Wort *skin*, Haut, sang, fühlte ich Jonathans Hände auf meinen

Körper und ich widerstand diesem Vergnügen und der Wärme nicht. Ich sang mich hindurch, und als Gabby mich begleitete, integrierte sie ihre eigene Traurigkeit. Ich fühlte es. Das Lied gehörte jetzt mir.

Mein Handy klingelte: Darren.

»Wo zur Hölle steckst du denn?«

»Harry hat mich grad angerufen. Seine Mutter in Arizona ist krank. Er ist weg. Für immer.«

Ich hätte normalerweise etwas in der Art von, *also kein Bassist, keine Band*, gesagt, aber Gabby hätte es gehört und sie war für diese Art von Aufregung nicht in der Verfassung.

»Und warum bist du nicht hier?«

Er seufzte. »Ich wurde in der Arbeit aufgehalten. Ich bin in zwanzig Minuten da. Für morgen Nacht muss ich dich um einen Gefallen bitten.«

»Yeah?«

»Ich habe ein Date. Kannst du Gabby nach eurem Auftritt morgen heimbringen und sicherstellen, dass sie ihre Medikamente nimmt?«

»Yeah.«

»Danke, Mon.«

»Lass dich flachlegen.«

Ich legte auf und wir nutzten die restliche Zeit, um an unserer Performance zu arbeiten.

fünfzehn

Die Schicht im *Stock* am Donnerstagabend lief, verglichen mit einer Samstagnacht, eher mäßig. Ich verdiente weniger Geld, aber dafür war die Atmosphäre relaxter. Da gab es immer eine Minute, um mit Debbie an der Servicebar zu chillen. Mit jedem Tag, der verging, mochte ich sie mehr. Ich versuchte es heute ruhig anzugehen und mich nicht auszupowern. Nur weil wir bei dem Auftritt heute Abend nicht unsere eigenen Lieder singen würden, wollte ich trotzdem einen guten Job machen. Allerdings hatte ich nach Darrens Anruf und seiner Verkündung über den Untergang der Band meine Motivation verloren und klang einfach nur noch wie Sinatra auf Droge. Ich hatte keine Ahnung, wie ich diese Leidenschaft wieder zurückbekommen sollte.

Debbie legte gerade das Telefon zur Seite, als ich mit der Bestellung von Tisch Zehn ankam und diese über die Bar schob. Robert nahm es und fing an, die Punkte auf dem Zettel abzuarbeiten.

»Ich denke, dass er dich mag«, sagte Debbie, mit dem Verweis auf Robert. Er sah in seinem schwarzen T-Shirt und mit den keltischen Tattoos echt scharf aus.

»Nicht mein Typ.«

»Wer ist denn dein Typ?«

Ich zuckte mit den Achseln. »Nicht existent.«

»Okay, na gut, beende die Bestellungen für diesen Tisch und dann kannst du eine Pause machen. Kannst du in Sams Büro gehen und eine Kopie von dem Schichtplan für nächste Woche machen?« Sie händigte mir ein Blatt Papier aus, auf dem der Plan stand. Die Bedienungen warteten immer ungeduldig darauf, da unser Bereich und die Stunden nicht nur beeinflussten, wie viel Geld wir über die nächsten sieben Tage machen würden, sondern auch unser Sozialleben und wie viel Zeit wir mit unserer Familie verbringen konnten. Und hier gab sie ihn mir zwei Stunden früher. Sie lächelte und tätschelte meinen Arm, bevor sie davonlief, um drei Männer in Anzügen zu begrüßen.

Ich ging zu den Toiletten, um mich etwas frisch zu machen, und lief dann in die Richtung von Sams Büro.

Es war kein warmer, übermäßig dekorierter Raum wie Jonathans im *Hotel K.* Es diente lediglich einem bestimmten Zweck, mit einem Linoleumboden und metallischen Archivschränken. Der Kopierer war auch da und ich legte den Schichtplan auf das Glas, ohne das Licht anzumachen. Die Fenster sorgten an diesem Nachmittag für ausreichend Lichteinfall.

Der Energiesparer war angestellt, was bedeutete, dass der Kopierer eiskalt war. Ich drückte *Start* und wartete. Nur Gott wusste, wie lange das wohl jetzt dauern würde. Ich stretchte meinen Nacken und summte, bevor ich schließlich die Worte von *Under My Skin*, Unter Meiner Haut, flüsterte.

Ich keuchte, als ich plötzlich seinen feinherben Geruch wahrnehmen konnte. Sobald ich mich umdrehte, sah ich Jonathan mit verschränkten Armen im Türrahmen stehen. Dies war das erste Mal, dass ich ihn im Tageslicht zu sehen bekam, und das Sonnenlicht ließ in menschlicher erscheinen, realer, und vor allem noch umwerfender, falls das überhaupt möglich war.

»Jonathan.«

»Hi.«

In diesem Moment realisierte ich die Absicht hinter der Sache mit dem Schichtplan. »Debbie hat mich hier hoch geschickt.«

»Du wusstest also noch nicht, dass sie eine Klatschtante ist?«

»Du bist sehr hartnäckig.«

»Ich habe versucht, mich davon zu überzeugen, dass ich dich nicht will, aber wir haben uns versprochen, keine Lügen zu erzählen und ich denke, dass es auch zählt, wenn ich mich selbst anlüge. Was denkst du?«

Ich wusste nicht, was ich sagen sollte. Ich hatte jeglichen Gedanken an ihn in der letzten Woche ausgeblendet. Ich hatte an Baseball gedacht, an Harmoniefolgen und daran, wie ich uns einen neuen Manager besorgen könnte, sobald er in meine Gedanken eindrang. Und ihn jetzt zu sehen, wie er vor mir stand, war so, als hätte ich einen Wandschrank geöffnet und der ganze Inhalt würde auf mich herunterfallen.

Ich ging einen Schritt auf ihn zu. Er folgte meinem Beispiel. Keine Sekunde später lagen wir uns in den Armen, Münder kollidierten, Zungen verschmolzen. Er griff nach hinten und schloss die Tür.

Okay, ich würde das zwischen uns jetzt hinter mich bringen. Er und ich. Hier. Jetzt. Ich musste es hinter mich bringen, damit ich nach vorne schauen konnte. Er verfrachtete mich auf den Schreibtisch und ich öffnete meine Beine und schlang sie um seine Hüften.

Er stieß wieder gegen mich, wie auch schon vor einer gefühlten Million Jahren auf der Motorhaube seines Mercedes'.

Er schob seine Hand unter mein T-Shirt, über meinen Bauch und hoch zu meinen Brüsten.

»Ja?«, stöhnte er.

»Ja«, flüsterte ich. »Ja zu allem.«

»Ja«, flüsterte er mir ins Ohr, dann schob er meinen BH nach oben und umfing meine Titten, fand meine Nippel und rieb mit seinen Daumen immer und immer wieder über meine Knospen. Meine Hüfte hob sich vom Schreibtisch ab und ich machte tief in meiner Kehle ein kleines Geräusch. Verdammt, er war gut. Viel Übung. Er wusste genau, was er tat.

Er sah auf meine Brust runter, während meine Nippel von seiner Berührung und der kalten Luft hart wurden. »Mein Gott, Monica, du bist überwältigend.«

Ich lachte, denn es machte mich nervös, auf diese Art und Weise bewundert zu werden, aber er brachte mich zum Schweigen, als er seinen Mund auf meinen Nippel absinken ließ und sein Finger den anderen bearbeitete, ihn zwickte und drehte. Meine Beine spannten sich um ihn herum an, was meinen Rock nach oben rutschen ließ. Mit nichts als meinem Höschen zwischen mir und seiner Jeans, fühlte er sich noch härter und forscher an. Er drückte sich gegen mich und ich trieb mit ihm, meine Hüften folgten seinem Rhythmus, während ich seine Haare in einem festen Griff hielt. Ich wäre auf diese Weise schon einmal fast gekommen, vor Ewigkeiten, mit einem Typ im ersten Jahr an der Uni, von dem ich den Namen nicht mehr wusste, aber es fühlte sich so an, als könnte es erneut passieren.

Als ob er meine Gedanken gelesen hätte, zog er sich zurück. Er atmete schwer, als er mich betrachtete, nicht als würde er mich mit seinen Augen ausziehen, aber als ob er sich überlegte, was er mit dem Körper vor sich alles anstellen würde. Er ließ seine Hände meine Seiten entlang gleiten und schob dann meinen Rock nach oben zu meinen Hüften. Meine Unterwäsche, der ich heute Morgen, als ich mich angezogen hatte, nicht viel Beachtung geschenkt hatte, war das einzige zwischen mir und der Welt.

»Hör zu«, begann ich. »Ich weiß nicht, ob Sam der Meinung wäre, dass das hier ok ist.«

Er legte seine Fingerspitzen auf meine Lippen und ich hörte auf zu reden. Lass ihn doch im Notfall die Situation erklären. Sorge doch dafür, dass ich gefeuert werde. Ich öffnete meinen Mund, nahm zwei seiner Finger zwischen meine Lippen und saugte sie tief in meine Höhle.

»Ah, Monica«, war alles, was er sagte, als er sie langsam wieder rauszog, nur um sie im gleichen Tempo erneut hineingleiten zu lassen. Ich umfing seine Finger mit meiner Zunge und saugte. Nicht zu stark, aber stark genug. Ich wusste, dass ich etwas richtig machte, als sich seine Augenlider langsam schlossen und er seinen Mund für etwas zwischen einem Keuchen und einem *Ahh* öffnete. Er rieb sie über meine Unterlippe, zog sie runter und schob seine Finger wieder in meinen Mund. Ich nahm sie erwartungsvoll auf, kostete seine Haut, während ich seinen warmen Atem auf meinem Gesicht spürte.

Er zog seine Finger zurück, ging einen Schritt nach hinten und verweigerte mir somit auch das Gefühl von seinem Intimbereich an meinem. Plötzlich fühlte ich mich wahnsinnig entblößt und ich war drauf und dran meine Beine zu schließen, aber er hielt sie gespreizt. Ich streckte meine Hände nach seinem Gürtel aus, aber er entfernte sich aus meiner Reichweite.

»Ich will dich berühren«, sagte ich.

»Noch nicht.«

»Ich werde noch verrückt.«

»Nein, das ist nicht wahr. Noch nicht genug.«

Mit diesen Worten schob er mein Höschen im Schritt zur Seite und legte den Finger, den er gerade erst aus meinem Mund entfernt hatte, auf meine feuchten Schamlippen. Wir stöhnten beide. Dann ließ er zwei seiner Finger in mich hineingleiten. Langsam.

»Oh, Gott«, flüsterte ich.

Er zog sie ohne ein Wort zu sagen wieder heraus und legte seinen Daumen auf das dünne Baumwollmaterial, das meine Klitoris bedeckte. Ganz leicht. Er berührte sie kaum. Nur mit genug Druck, damit ich wusste, dass er dort war, dann lehnte er sich herunter, um mich zu küssen, während er seine Zunge mit den Bewegungen seines Daumennagels, der sanft über das Material meines Höschens kratzte, abstimmte.

Ich rotierte meine Hüften. Seine Finger vergruben sich tief in mir, aber der Daumen übte keinen weiteren Druck aus. Er streifte einfach sanft über die Baumwolle, als er seine zwei Finger rein und raus gleiten ließ.

»Was willst du?«, fragte er.

»Ich will, dass du mich fickst.«

»Was ist das Zauberwort?«

»Jetzt?«

Seine Finger spielten mit meinem Körper, während er sich vorlehnte, um in mein Ohr zu flüstern. »Du hast nur noch drei Minuten von der Pause übrig.«

»Ist mir egal.«

»Ich werde Stunden damit verbringen, dich zu ficken.«

Meine Hüften drängten sich gegen seine Hand, aber er behielt die Kontrolle: eine sanfte Berührung seines Daumens und eine langsame Bewegung seiner Finger. Ich loderte vor Verlangen. Ich hatte gedacht, dass ich wusste, was die Bedeutung dahinter war, aber das tat ich nicht.

»Nach deiner Schicht.«

»Ich habe danach aber einen Auftritt. Wir müssen es jetzt tun.« Er zog diese Möglichkeit vielleicht für drei Stöße in Erwägung, aber er gab meiner Klitoris nicht mehr als eine kleine Berührung über dem Material. Ich konnte mich nicht entscheiden, ob das Lust oder Folter war.

»Nach deinem Auftritt«, sagte er. »Ich habe sowieso eine Verabredung zum Abendessen. Komm heute Abend zu mir ins Hotel. Raum 3423.«

»Ich muss mich aber um meine Mitbewohnerin kümmern.«

»Lass dir was einfallen.«

Er raubte mir seine Finger. Ich fühlte den Verlust dieser Finger und seines folternden Daumens so tief in mir drin, dass ich stöhnte. Ich saß auf Sams Schreibtisch, offen und fast nackt, und ich fühlte mich entblößt und dumm. Und nicht zu vergessen, wahnsinnig erregt.

»Nicht.« Ich fand keine anderen Worte, außer dass er bitte nicht aufhören durfte. Nicht jetzt. Lass mich nicht so zurück. Meine Augen mussten meine flehenden Gedanken, meinen Wunsch nach Erlösung, rübergebracht haben, denn sein Gesicht, mit seinen geöffneten Lippen und schweren Augenlidern, flackerten mit lüsterner Genugtuung auf. Er wusste, dass ich wollte, dass er mich stundenlang fickte und den Anfang sollte dieser Schreibtisch machen. »Du bist widerwärtig«, sagte ich.

Er zerrte meinen Rock nach unten und als er sich nach vorne lehnte, um mich zu küssen, erwiderte ich diesen Kuss mit einer Spur Wut auf meinen Lippen.

»Was ist, wenn ich nicht auftauche?«

»Das wirst du.«

Nachdem er die Tür so wenig wie möglich geöffnet hatte, als ob er mein ruiniertes Ansehen beschützen wollte, verschwand er.

sechzehn

Es lagen drei weitere Stunden Arbeit vor mir, aber ich konnte mich nicht auf meine Aufgabe, Getränke einzuschenken, konzentrieren. Ein totaler Idiot wäre dazu in der Lage. Bestes Beispiel: Robert. Ein Adonis, wie er im Buche steht, aber dumm wie Brot.

Er rutschte das Tablett über die Bar. Jedes Glas war wie gewünscht vorbereitet worden, mit der richtigen Menge Alkohol, im Uhrzeigersinn beginnend mit zwölf Uhr, wo er auch die Notiz befestigt hatte. Mein Job bestand darin, die Gläser mit den noch benötigten Flüssigkeiten, wie Limonade oder Säften, aufzufüllen.

Wie ich schon gesagt hatte, sogar ein Idiot wäre dazu in der Lage gewesen. Aber hier stand ich nun, mit Debbie, die neben mir stand, wo sie Dinge auf der Bestandsliste checkte, und ich goss Limo in einen Whiskey. Ich starrte auf das überlaufende Glas runter, und warum? Weil der Schmerz zwischen meinen Beinen so unangenehm und exquisit zur selben Zeit war, und ich die Stunden zählte, bis ich heim konnte, um Druck abzulassen.

»Whoa!«, schrie Robert, was mich aufweckte. »Du hast
auf dem ganzen Tablett Limo verschüttet!«

»Es tut mir leid!«

»Monica«, sagte Debbie, während sie ihren Stift oben auf
dem Clipboard befestigte, »komm und sitz mit mir.«

Sie zog mich zu einem leeren Tisch bei der Küchentür. Wir
versuchten diesen Platz immer leer zu halten, bis es nicht mehr
ging, weil die Bar zu überfüllt war. Ich presste meine Beine
zusammen, sobald ich saß, auch wenn mein Rock lang genug
war. Ich hatte das Gefühl, dass sie sehen konnte, wie erregt ich
war.

Debbie legte ihr Clipboard vor sich auf den Tisch und
beugte sich vor. »Was ist los? Du hast die falsche Bestellung
zu Frazier Upton gebracht; du bist auf den Fuß von Jennifer
Roberg getreten. So behandeln wir unsere Kunden hier nicht.«

»Warum hast du das getan, Debbie? Warum hast du
Jonathan zu mir hoch geschickt?«

»Ich habe gesehen, wie du ihn die eine Nacht angesehen
hast. Ich habe gedacht, dass es eine nette Überraschung wäre.«

»Wäre toll, wenn du das in Zukunft unterlassen könntest.«

»Natürlich. Tut mir leid. Ich habe gedacht, dass ich dir
einen Gefallen tun würde.«

»Das hast du. Aber ich...« Ich sah auf meine Hände runter,
die in meinem Schoß lagen. »Er ist so...ach, ich weiß auch
nicht.« Mit meinem Manager darüber zu reden, wie es ein
einzelner Mann fertigbrachte, mich dermaßen zu verwirren,
war mir peinlich. Ich hätte wütend auf sie sein sollen, aber in
der Welt, in der ich lebte, hatte sie mir etwas Gutes tun wollen,
und es war ja nicht so, dass er mich vergewaltigt hätte. Ich
hatte es geliebt. Und ich hasste, dass es aufhören musste. »Ich
sollte einfach im Moment mit niemandem zusammen sein.
Oder jemals. Ich hatte mal diesen Freund, Kevin, was jetzt
ungefähr eineinhalb Jahre her ist. Er hat mich nicht singen
lassen. Es war furchtbar, aber was ich versuche zu sagen, ist,
dass ich diese Person nicht noch einmal sein möchte.«

»Okay.« Debbie setzte sich aufrechter hin. Sie entfernte ihr
langes, glattes Haar mit einem einzigen französisch manikürten

Finger aus ihrem Gesicht und wurde dann ernst. »Ich werde dir jetzt ein paar Dinge erzählen, die du hören musst, aber von denen du wahrscheinlich nichts wissen willst. Ist das für dich in Ordnung?«

»Sicher.«

»Jonathan Drazen wird nicht so lange bei dir bleiben, um sich darüber Gedanken zu machen, was du in deiner Freizeit anstellst. Er findet dich anziehend, das kann ich deutlich sehen. Aber er ist nur in eine Frau verliebt, nur in eine einzige Frau.«

»Seine Ex-Frau.«

Debbie nickte. »Als Jessica ihn verlassen hat, hat er sie angefleht zu bleiben. Sie blieb aber nicht. Er hatte bei einem Meeting mit Gesellschaftern einen Zusammenbruch. Es war nicht schön. Er war gedemütigt. Das ist er noch immer. Er würde sich nicht noch einmal in eine derartige Position begeben, das kann ich dir versprechen. Wenn du ihn also magst, dann schlage ich dir vor, dass du ihn genießt, solange du ihn hast. Er wird dich sehr gut behandeln und dann werdet ihr wieder getrennte Wege gehen. Er kann aber ein sehr wertvoller Freund sein.«

Ich nickte. Ich verstand das. Ihre Worte trösteten mich auf eine Weise. Ich könnte ihn also später treffen, Matratzensport betreiben und heimgehen, ohne mir groß Gedanken machen zu müssen. Ich wusste, dass ich mich auf niemanden einlassen wollte und wenn es ihm genauso ging, war ich sicher.

Debbie suchte ihre Sachen zusammen und stand auf, aber ich war noch nicht fertig.

»Warum hat sie ihn verlassen?«, fragte ich.

»Für einen anderen Mann«, sagte sie, »und jeder wusste es.«

»Autsch.«

Debbie nickte. »Autsch trifft es genau. Niemand von uns sollte jemals etwas Derartiges miterleben müssen.«

siebzehn

Auftritte, wie die im *Frontage*, hasste ich einfach. Ich musste Lieder singen, die andere geschrieben hatten und zwar für Leute, die mich nicht singen hören wollten. Ich musste über das alltägliche Treiben hinwegsehen, über Bedienungen, wie sie Bestellungen aufnahmen und Kunden an ihre Plätze brachten. Ich konnte nicht zu laut singen, sonst würde ich vielleicht jemanden belästigen und es war mir nicht erlaubt zu improvisieren. Niemals. Ich gehörte zum Hintergrund.

Aber es war Geld, auch wenn es nicht viel war, und es war Übung. War ja schließlich nicht so, dass Vinny wieder aufgetaucht wäre und uns irgendetwas Fabelhaftes gebucht hätte. War ja nicht so, als hätte er sich in den letzten zwei Wochen überhaupt mal blicken lassen. Ich hatte einfach nichts anderes zu tun.

Wir hatten eine abartige, verschmutzte Umkleidekabine mit verschmierten Spiegeln zugewiesen bekommen. Irgendwann in den Achtzigern musste eine Tube Lippenstift zwischen die Lücke von zwei Sperrholzplatten geraten sein, die zusammen eine Theke bildeten, und der rote Glibber, der außer Reichweite von Papiertüchern war, war mit der Zeit braun und krustig geworden. Der Teppich roch nach Bierkotze und das Badezimmer war vor ein paar Tagen beiläufig gesäubert worden. Ich fühlte mich wie ein Superstar.

Gabby war schon draußen und klimperte auf ihrem Klavier rum. Sie hatte eine entspannte Art und Weise, in der sie ihre Finger über die Tasten fliegen ließ, womit sie aus dem Nichts eine Melodie kreieren konnte, darauf aufbaute und in etwas komplett anderes hineinfiel, ohne groß darüber nachzudenken. Ihre Tasche stand offen auf der Theke und ich machte, was Darren und ich immer machten. Ich nahm ihre Medikamente heraus und versicherte mich, dass sie eine Tablette weniger hatte als noch die Nacht zuvor. Zehn Milligramm, zweimal am Tag. Es waren elf Tabletten in der Dose. Darren hatte mir heute Morgen die Nummer Zwölf geschrieben. Gut.

Ich rief ihn an. Er machte sich gerade fertig, um auf ein erneutes Date mit diesem Mädchen zu gehen, dessen Namen er uns nicht verraten möchte.

»Hey, Mon«, sagte er.

»Elf«, ließ ich ihn wissen.

»Danke.«

»Was machst du heute Abend?«, fragte ich.

»Date.«

»Wirst du mir auch irgendwann ihren Namen verraten?« Ich saß auf dem verschlissenen Kunstledersessel und erlaubte es meinem Rock, nach oben zu rutschen, da ich ja allein war. Meine Haare waren hochgesteckt und roter Lippenstift haftete wie Lack an meinen Lippen. Ich sah wie ein Pin-up Mädchen aus den Fünfzigern aus.

»Noch nicht«, sagte er.

»Ist es ein frühes oder ein spätes Date?« Ich schluckte schwer. Ich hatte einen großen Gefallen, um den ich ihn bitten wollte. .

»Vielleicht beides. Warum?«

»Ich wollte...« Ich ließ den Satz unvollendet. Ich wollte Jonathan treffen und den Schmerz lindern, den er hervorgerufen hatte, aber ich wollte Darren auch nicht zu viele Details geben.

»Frag. Ich rasier mich gerade und der Schaum versaut das Handy.«

»Ich wollte mich heute Abend mit Jonathan Drazen treffen. Nach dem Auftritt. Genau danach. Ich könnte bis um elf daheim sein, um auf Gabby aufzupassen.«

»Geht nicht. Der Boss von meinem Date hat uns Eintrittskarten für *Madame Bovary* besorgt.«

Großartig. Ein Date, das ein Musical inbegriffen hatte, konnte locker von einem Abendessen, dass 19 Uhr stattfand bis zu dem Fallen der Vorhänge um 23:30 Uhr andauern. Er musste dieses Mädchen wirklich mögen.

»Sorry«, sagte er. Ich hörte das Wasser laufen.

»Kein Problem.« Ich legte auf.

Acht Monate bevor ich bei *Hotel K* angefangen hatte zu arbeiten, fand ich Gabby in der Küche am Waschbecken. Sie saß auf dem hohen Hocker, den ich als Kind immer benutzt hatte, um mir Cornflakes aus dem Schrank zu holen. Ihr Kopf lag auf der Arbeitsfläche und ein Handgelenk war von dieser Fläche heruntergerutscht und spritzte Blut auf den Boden.

Es tut mir leid, dass ich den Boden mit Blut eingesaut habe, Monica, hatte sie den nächsten Tag zu mir gesagt, als sie in ihrem Krankenhausbett lag. Darüber hatte sie sich Sorgen gemacht: Dass ich wütend auf sie wäre, weil ich den Fußboden hatte aufwischen müssen. Ich hatte einfach alles rausgerissen und neue, selbstklebende Vinyl-Fliesen verlegt. Ich hatte keine andere Möglichkeit gesehen, damit ich nicht ständig das Bild vor meinen Augen haben würde, wie leblos und kalt sie ausgesehen hatte, als ich sie von dem Hocker runterzog. Oder wie sich das Blut im Abfluss angesammelt hatte. Oder wie ich sie an dem Tag davor angeschrien hatte, weil sie im Wohnzimmer Cracker gegessen hatte. Oder wie sie damals geweint hatte, als Darren und ich uns getrennt hatten. Ich hatte lauter geweint als der knackende Linoleum-Fußboden, weil der Krankenwagen genau neuneinhalb Minuten nach meinem Anruf eintraf und ich ihr während der Wartezeit immer und immer wieder einen Klaps auf die Wange gegeben hatte, weil dies die einzige Möglichkeit gewesen war, um sie zum Stöhnen zu bringen und ich somit sicher gehen konnte, dass sie noch am Leben war.

Also auch wenn ich wollte, dass mich Jonathan für ein paar Stunden als sein persönliches Sexspielzeug benutzte, musste ich doch Gabby heimbringen und dort bis zum nächsten Morgen bleiben und zwar bis Darren aufkreuzen würde.

Das Licht verhinderte, dass ich irgendjemanden von den Gästen sehen konnte. Ich lächelte ein paar von den Silhouetten an, die ich ausmachen konnte, denn auch wenn ich sie nicht sehen konnte, sie konnten mich sehen.

Gabrielle spielte das erste Lied an, *Someone to Watch Over Me*, mit einer Überleitung zu *Stormy Weather*. Die Lieder hätte ich wahrscheinlich sogar im Schlaf fertiggebracht. Ich sang mit dem Gefühl, das sie und ich bei unserer Probe erkundet hatten, aber als ich zu der Mitte des Liedes *Cheek to Cheek* kam, schnappte ich eine Duftnote auf, die ich wiedererkannte: Jonathan. Jemand musste das gleiche Kölnischwasser auf der Haut haben, was dazu führte, dass ich mir erneut dem Ort zwischen meinen Beinen bewusst war und ich wurde mit Erinnerungen an den Nachmittag überflutet. Ich sang über seine Wange an meiner, über seinen Duft und wie er sich anfühlte. *Under my Skin* kam wie eine Verführung rüber. Ich sang die Worte, aber alles, was ich fühlte, war Sex. Das Bedürfnis danach. Mit diesem Lied flehte ich danach, und das sanfte, murmelnde Geräusch, das Sinatra immer gemacht hatte, ersetzte ich mit einem befriedigten Stöhnen.

Als die letzte Note verklungen war, war ich bereit für das Hotelzimmer.

Sie applaudierten, leise, aber sie meinten es ehrlich. Bei dieser Art von Auftritten wurde eigentlich nicht geklatscht, aber ich sagte mit einem peinlich berührten Lächeln auf meinen Lippen: »Dankeschön«. Ich war davon überzeugt, dass sie meine Erregung sehen konnten, als hätte mein Kleid einen nassen Fleck. Ich sah zu Gabby rüber und sie gab mir das *Daumen hoch!*-Zeichen. Ich war mir sicher, dass sich auf meinem

Gesicht im Moment hundert verschieden Rottöne finden lassen würden. Ich senkte das Mikro und die Scheinwerfer gingen aus. Die Gäste fingen wieder an miteinander zu reden und ich machte mich auf den Weg zu dem schrecklichen Aufenthaltsraum.

Dann sah ich ihn. Jonathan saß in einer Nische und starrte mich an.

Natürlich war er für den Duft verantwortlich gewesen. Die Quelle. Es war ja auch nicht so, dass er dieses Duftwasser in irgendeinem Billigkaufhaus gekauft hatte. Wenn es kein handgemachter Duft war, würde ich meinen Schuh essen. Aber daran hatte ich noch nicht einmal gedacht, bis ich ihn in einer Nische im *Frontage* gesehen hatte, mit einer wunderschönen Rothaarigen, die einen Cosmopolitan schlürfte. Er hob sein Glas in meine Richtung.

Er lehnte sich zu der Rothaarigen rüber und flüsterte ihr etwas zu. Genau in ihr Ohr. Als wäre es völlig okay, ein Glas in meine Richtung zu heben und in einem Intervall von zehn Sekunden auch noch in ihr Ohr zu hauchen.

Gleich würde ich losrennen und so viel Entfernung zwischen uns bringen, wie es mir möglich wäre. Ich konnte nicht glauben, was ich heute Abend beinahe getan hätte. Ich redete mir ja nicht ein, dass Monogamie eine Möglichkeit war, aber ich nahm schon an, dass wenigstens ein Tag vergehen würde, bevor er seine Hand unter einen anderen Rock schob oder dass er wenigstens die Güte hätte, mir dieses Verhalten nicht unter die Nase zu reiben.

Vielleicht hätte ich wegrennen sollen, so wie das eine vernünftige Person getan hätte. Stattdessen lief ich zu der Nische rüber. »Hi, Jonathan.«

»Monica«, sagte er. »Das ist Theresa.«

Ich nickte und lächelte, als sie ihr Glas in einer Art Begrüßung nach oben hielt. »Das war wunderschön.«

»Danke.«

»Du warst unglaublich«, sagte Jonathan. »Ich habe noch nie etwas Ähnliches zu hören bekommen.« Ich starrte ihn an. Etwas hatte sich in seinem Gesichtsausdruck verändert. Ich konnte nicht genau sagen, was es war. Sanfter? War er müde? Oder hatte Theresa einen beruhigenden Effekt auf ihn? Seine Zufriedenheit hatte eine ungeahnte Wirkung auf mich. Ich fühlte, wie ich kurz davor war, etwas Gemeines und Gehässiges zu sagen.

»Ich habe noch nie von einem Mann gehört, der es fertig gebracht hat, nachdem er heute Nachmittag seine Finger in mir hatte und mich heute Abend vögeln will, noch eine andere Frau dazwischen zu quetschen.«

Theresa, die so aussah, als wäre sie zu hundert Prozent eine Lady, hätte fast den Schluck Cosmopolitan in ihrem Mund wieder ausgespuckt. Auch Jonathan lachte. Ich persönlich fand nichts an dieser Situation lustig. Ich ging einen Schritt nach hinten, als Theresa den Anschein machte, aufstehen zu wollen. Vielleicht war sie angepisst. Vielleicht gehörte ihr Lachen zu der nervösen Art oder vielleicht hatte ich sie einfach schockiert. Aber sie wirkte gelassen, als sie sich zu Jonathan drehte und sagte: »Ich gehe schnell für kleine Mädchen.«

Er nickte und rutschte dann rüber, sobald sie weg war. »Würdest du dich gerne setzen?«

»Nein.«

»Für jemanden, der sich auf niemanden einlassen will, hast du eine Art, die dich sehr eingelassen rüberkommen lässt.«

»Sogar ich habe Grenzen.«

»Sie ist ein natürlicher Rotschopf.« Sein Blick verriet mir, dass er es todernst meinte. Und auch wenn seine Worte mindestens hundert Assoziationen in meinem Kopf freisetzten, die eine, die nicht pornografisch war, setzte sich durch seinen ernsten Gesichtsausdruck durch.

»Sie ist deine Schwester«, schlussfolgerte ich.

»Es liegen zwei Jahre zwischen uns. Sie würde es allerdings schätzen, wenn du annehmen würdest, dass ich älter bin.«

»Das ist mir so peinlich«, sagte ich. »Ich muss mich bei ihr entschuldigen.«

»Wirst du dich hinsetzen? Oder soll ich deinen Körper einfach nur anstarren, ohne ihn zu berühren?«

Ich rutschte neben ihn auf die Bank und er legte seinen Arm um meine Schulter, während er bei dieser Aktion seine Fingerspitzen kurz über meinen Nacken streifen ließ.

»Was machst du hier?«, fragte ich.

»Ich habe mit meiner Schwester zu Abend gegessen. Und nein, ich habe dich nicht gestalkt, aber ich kann mich nur wiederholen, du hast eine Gabe. Ich denke sogar, dass ich eine halbe Träne in meinem Auge gespürt habe, genau hier.« Er berührte seinen Augenwinkel.

»Machst du dich etwa über mich lustig?«

»Nein. Versprochen. Du warst...ich habe kein Wort parat, das bedeutend genug erscheinen würde.« Er sah mir ins Gesicht und ich bemerkte, dass seine Wimpern kupferfarben waren, wie sein Haar. Ich war von seiner Anwesenheit überwältigt. »Jetzt weiß ich auch, was du versuchst zu schützen, wenn du sagst, dass du dich mit niemandem einlassen willst.«

»Dankeschön«, sagte ich. »Das schätze ich, wirklich.«

Er ließ seine Finger über mein Schlüsselbein gleiten. Er übte dabei genug Druck aus, dass ich bereits Schwierigkeiten mit dem Atmen bekam. »Sehe ich dich heute Abend?«

Ich versuchte cool zu bleiben, aber ich wollte ihn so sehr. »Ich glaube nicht, dass ich kann. Ich gehe dir nicht aus dem Weg oder so. Aber ich habe noch andere Verpflichtungen. Morgen?«

Er zuckte mit den Schultern. Er musste denken, dass ich Spielchen mit ihm trieb, auf die er wahrscheinlich sehr sensibel reagierte, wenn man die Vergangenheit mit seiner fremdgehenden Frau bedachte. Aber ich spielte keine Spielchen. Ganz im Gegenteil.

»Ich habe morgen einen Flug, den ich 17 Uhr kriegen muss. Du könntest mich in den zwei Wochen vielleicht vergessen.«

»Ich sollte dir das Gleiche antun, wie du heute Nachmittag mir angetan hast«, sagte ich.

Er lachte schnaubend in seinen Whiskey hinein. »Die Selbstkontrolle hast du gar nicht.«

»Bitte was?«

»Du hast mich schon gehört.«

»Da liegst du falsch.«

»Willst du wetten?«

Er zog mich an sich heran und sprach so leise, dass ich ihn kaum hören konnte. »Wenn du es schaffst, dass ich dich anflehe, dann werde ich dich morgen zu Tiffany auf dem Rodeo Drive bringen, wo du dir aussuchen kannst, was auch immer du willst.«

»Egal was?«

»Egal was.«

»Und was passiert, wenn ich es nicht schaffe? Was ich werde, aber wir sollten beide wissen, worum es hier geht.«

»Dann sagst du ab, was auch immer du gerade machst und ich bringe dich zu meinem Haus, wo du jedem meiner Befehle gehorchen musst, bis die Sonne über dem Horizont aufgeht.«

»Ich werde aber nicht deinen Küchenboden schrubben.«

Er grinste. »Das war auch nicht, was ich mir vorgestellt habe.«

Ich hatte nicht bemerkt, dass keiner mehr das Klavier spielte, bis ich den Küchenboden erwähnt hatte.

»Ich bin gleich wieder da«, sagte ich, und verließ die Nische, bevor ich die Chance dazu hatte, ihm zu erklären, dass ich ihn weder abservierte noch manipulierte. Ich hatte Gabby allein fortgehen lassen und ich wusste nicht, ob sie mich mit ihm gesehen und einfach ein Taxi genommen hatte, um nach Hause zu kommen.

Ich traf Theresa auf dem Weg zum Aufenthaltsraum im Gang.

»Es tut mir so leid«, sagte ich. »Ich war dir gegenüber unhöflich.«

»Mein Bruder ist ein Arschloch, also werfe ich dir nichts vor.« Sie sagte es mit einem Lächeln auf den Lippen, nahm meine Hand und drückte sie leicht. »Wir beide fanden deine Stimme herausragend.«

»Dankeschön. Ich muss gehen. Ich versuche dich noch einmal zu erwischen, bevor ich gehe.«

Ich ging in das Umkleidezimmer, als sich Gabby ihre Tasche zum Gehen schnappte.

»Ich habe nach dir gesucht«, sagte sie.

»Ich habe mich mit Jonathan unterhalten. Bist du fertig? Ich will mich noch von ihm verabschieden.«

»Er ist hier? Oh mein Gott, Mon, er kann uns dabei helfen, einen Agenten zu finden. Oder einen anderen Manager. Alles ist möglich.«

»Er ist doch gar nicht in diesem Business tätig, Gabs. Komm schon.«

Sie zog an meinem Ärmel. »Warte. Erstens, jeder ist im dem Business, auch wenn sie es nicht sind. Okay? Und was genau versuchst du vor mir zu verheimlichen? Sag's mir.« Sie war einige Zentimeter kleiner als ich und sah zu mir herauf, als hätte sie die Fähigkeit, mich mit ihren Augen zu ermorden.

»Es ist nichts.«

»Monica.«

»Ich möchte jetzt heim.« Ich ging einen Schritt in die Richtung der Tür, aber Gabby lehnte sich dagegen. Ich ließ meine Tasche fallen und gab nach. »Fein, er hat mir diese Wette vorgeschlagen. Sie hat mit Sex zu tun, aber ich habe nicht vor, mich heute mit ihm zu treffen, wir wollten doch was zusammen machen.«

»Versetz mich.«

»Nein.«

»Warum nicht?«

»Weil mich Darren dann umbringen würde.«

»Gott verdammt, ihr zwei!«, schrie sie.

»Gabs, bitte. Verschon mich.«

»Nein, ihr zwei lasst mich nicht einmal lange genug aus den Augen, damit ich kacken gehen kann, und ihr denkt, dass ich zu dämlich wäre, das zu bemerken? Du hast die Möglichkeit, dass dir ein riesengroßer Frauenheld sein Ohr schenkt - «

»Er ist kein - «

»Sei doch ruhig. Du hast keine Ahnung. Er unterrichtet Betriebswirtschaft an der UCLA, an der Janet Terova genau darauf achtet, wer in der Industrie in Verbindung steht. Du weißt wer das ist, oder?«

Ich seufzte. Ich hatte das Gefühl, dass ich an einem Quiz teilnehmen würde.

»Arnie Sandersons Ex-Frau?«

»Eugene Testarossas Boss. Richtig. Der Eugene Testarossa.«

»Gabby, wenn etwas passieren sollte, weil ich mit einem Typ Sex habe, den ich kaum kenne...«

Sie legte ihre Hände auf meine Arme und sah mich mit diesen verdammt großen, blauen Augen an, die Augen, die in ihren Kopf zurückgerollt waren und nur wieder durch einen Klaps zum Vorschein gebracht werden konnten, und sagte: »Ich verspreche dir, dass ich mich heute Nacht nicht umbringen werde.«

»Du bist der letzte Mensch, dem ich diese Worte Glauben schenken sollte.«

»Ich habe versucht mich umzubringen, weil ich mich hoffnungslos gefühlt habe. Wenn du es durchziehst, dann habe ich Hoffnung. Okay?«

»Du machst mich zu einer Prostituierten.«

»Nehm ich ein Taxi, um nach Hause zu kommen, oder nicht?«

Ich musste zugeben, dass ich wirklich auf eine körperlich schmerzhafte Weise in Versuchung war. Da stand sie, während sie mir nicht nur die Erlaubnis gab, sie allein zu lassen, sie schob mich sogar eigenhändig aus der Tür.

Der exquisite Schmerz zwischen meinen Beinen, sobald ich an Jonathan dachte, war mittlerweile nicht mehr auszuhalten. Die Frustration vom Nachmittag hatte sich in eine Sehnsucht umgewandelt, die vollständig von meinem Körper Besitz genommen hatte.

Genau dann sah ich Darrens Gesicht vor meinem inneren Auge. Er sah enttäuscht und wütend aus.

Ich drängte mich an Gabby vorbei und lief zu Jonathan und Theresa, die jetzt an der Bar saßen. Er legte seine Hand in meinen Nacken, sobald ich nah genug war, dann flüsterte ich ihm ins Ohr: »Wenn ich gewinne, dann streichst du deinen Flug für morgen, damit wir uns morgen Nacht sehen können.«

»Und keine Tiffany?«, fragte er mit einem Schmunzeln auf den Lippen.

»Ja zu Tiffany. Wenn du gewinnst, dann stehe ich bis zum Morgengrauen unter deinem Befehl. Und sobald die Sonne aufgegangen ist, schrubbe ich deinen Boden.« Er lachte. Ich wusste nicht, worüber er lachte. Vielleicht fand er es einfach nur lustig, dass ich davon ausging, dass er nicht schon ein ganzes Team von Leuten hätte, die sein Haus sterilisierten, aber ich lächelte, denn ich wusste, dass es ein dämliches Angebot war.«

Gabby platzierte sich ans Ende der Bar und bestellte sich etwas. Ich hoffte, dass es nur eine Limo war. Alkohol förderte Depression. Sie konnte mir so oft sagen, wie sie wollte, dass sie Hoffnung hatte. Ich glaubte einfach nicht, dass sie so viel Kontrolle darüber hatte, wie sie vorgab.

»Du verhandelst hart.« Er stellte seinen Drink ab. »Und du bist amüsant. Ich weiß nie, was als nächstes aus deinem Mund kommt.«

Ich hatte eine Millionen Witze darüber auf Lager, was bald in meinen Mund kommen würde, aber ich behielt sie für mich, als ich ihn ins Hinterzimmer zog.

achtzehn

Der Aufenthaltsraum war abgeschlossen. Ich war kurz ratlos, erinnerte mich aber dann daran, dass es einen zweiten Raum für Männer gab. Ich nahm seine Hand und führte ihn in den hinteren Bereich, an der Küche vorbei und den hintersten Korridor entlang, zu einem weniger bevölkerten Ort im Club.

»Den Vorschlag mit dem Schrubben mag ich wirklich«, sagte er, als ich ihn in den zweiten Aufenthaltsraum zog, der genauso abartig war wie der andere, und warf dann die Tür ins Schloss. Auch wenn er noch weitere Sprüche parat gehabt hätte, wurden sie in einem Kuss verschluckt. Ich ließ meine Finger durch seine Haare gleiten, presste sein Gesicht zu meinem und ließ sie dann seinen Körper entlang wandern. Ich stieß ihn auf einen Stuhl, der quietschte, als Jonathan darauf fiel.

Ich kniete mich vor ihn hin, der massenproduzierte Teppich schürfte über meine Knie, als ich seinen Hosenstall öffnete. Ich rieb die harte Länge, die sich unter seinen Boxershorts befand, bis ich seinen Schwanz vollends hervorgelockt hatte. Er war steinhart und wunderschön.

»Bist du bereit?«

»Du bist wirklich süß.«

Er hielt seine Arme vom Körper weg, als ob er sagen wollte, *zeig mir, was du hast.*

Ich schob sein Hemd nach oben, um seinen Bauch zu küssen, der hart und fest war, von seinem Nabel, über seine Haare, bis ich bei seinem Schwanz ankam. Ich nahm ihn zwischen meine Lippen, küsste die Eichel, leckte mit meiner Zunge über die straffe Haut seines Schaftes, dann machte ich auf der anderen Seite das gleiche und nahm seinen würzigen Geschmack in mich auf. Er atmete tief ein. Ich legte meine Zunge gegen die untere Seite und leckte bis hinauf zu seiner Eichel. Dann nahm ich seine Spitze in den Mund und saugte hart daran, bevor ich ihn wieder aus mir herausgleiten ließ. Ich schmeckte einen salzigen Tropfen auf seiner Spitze.

Ich sah zu ihm auf, als ich ihn erneut in meinen Mund schob. Seine Lippen teilten sich und er sah mich direkt an, während er mir die Haare aus dem Gesicht entfernte. Perfekt. Ich bewegte mich nach unten und ließ die gesamte, riesige Länge in meinen offenen Mund gleiten.

»Oh«, flüsterte er, als ich ihn komplett in mir aufnahm. Mein Kopf bewegte sich hoch und runter, während ich ihn mit jeder Abwärtsbewegung erneut verschwinden ließ. Ich saugte an ihm, als ich mich nach oben bewegte und auf dem Weg nach unten verwöhnte ich ihn mit meiner Zunge. Ich sah wieder zu ihm hoch, verlangsamte mein Tempo, und ließ ihn sehen, wie ich jeden Zentimeter seines Schwanzes verschlang. Ich beschleunigte mein Tempo und erlaubte ihm dann drei schnelle, aufeinanderfolgende Stöße. Er seufzte, stieß seine Hüften nach vorne und seinen Schwanz meine Kehle herunter. Ich hatte ihn. Alles, was ich jetzt tun musste, war, das Tempo wieder zu verlangsamen und ihn so lange leiden zu lassen, bis er mich anflehte, ihn kommen zu lassen.

Aber er warf seinen Kopf zurück und sah an die Decke, während ein tiefes Stöhnen aus seiner Kehle entwich. Es wirkte wie eine bedingungslose Kapitulation, deswegen brachte ich es nicht fertig. Ich konnte nicht aufhören. Ich würde ihn zum Orgasmus bringen, bevor er mich anbetteln konnte.

Bis zum Morgengrauen würde er von mir verlangen, jeder seiner Anordnungen Folge zu leisten.

Schmuck war eh noch nie so mein Ding gewesen.

neunzehn

Er schmunzelte, als er mir seine Adresse gegeben und versucht hatte, mir den Weg zu beschreiben, aber ich wusste so ungefähr wo er wohnte. Er lebte in dem Viertel, wo die ganzen Anwälte und Machtinhaber miteinander spielten. Ich erinnerte mich an Debbies Rat, dass ich einfach Spaß haben sollte, allerdings fraß mich der Verlust des Besuches bei Tiffany schon innerlich auf. Nicht, dass ich irgendetwas hätte, dass zu den Karat gepasst hätte, die ich ihn gezwungen hätte mir zu kaufen, aber Versagen war etwas, das ich nicht so leicht hinnehmen konnte, vor allem wenn es bewies, wie schwach ich sein konnte.

Der Parkservice fuhr seinen dunkelgrünen Jaguar vor. »Kann ich dich zu deinem Auto fahren?«, fragte Jonathan.

»Ich steh auf dem Parkplatz«, sagte ich. »Alles gut.«

Er lehnte sich vor, sein Gesicht nah an meinem, bis ich seinen Atem an meinem Ohr spüren konnte. »Falls du nicht mit mir nach Hause kommen willst, werde ich dich nicht zwingen. Wir können warten oder wir können es ganz vergessen.«

»Wettschulden sind Ehrenschulden.«

Er rieb seine Nase über meine Wange. »Bist du dir sicher? Ich kann fordernd sein.«

»Das kann ich auch.«

Er machte einen Schritt zurück und lächelte. »Heute Nacht wirst du es nicht sein.« Er trat auf den Straßenrand. »Ich lasse das Tor für dich offen.« Er stieg ins Auto und fuhr davon. Ich beobachtete, wie er das Gebiet rund um La Brea durchquerte. Er fuhr, wie er auch lief, mit einem sicheren und arroganten Auftreten.

Als ich wieder rein ging, hatte Gabby bereits ein Taxi bestellt. Ich konnte in ihrem Atem einen Vodka-Tonic wahrnehmen, aber sie schien relativ nüchtern.

»Soll ich heute Abend nicht doch lieber bei dir bleiben?«

»Monica, du willst doch gehen, also geh einfach. Ich hab genug davon, die ganze Zeit bemuttert zu werden.«

Und damit hatte sich das Thema erledigt . Ich setzte sie in ein Taxi und lief dann zu meinem Auto.

Mein Handy vibrierte, als ich in meinen kleinen Honda stieg. Es war Vinny. Verdammter Vinny.

»Wo bist du?«, fragte ich.

»Vegas, Baby.« Er befand sich irgendwo, wo es laut und wild war, was zur Folge hatte, dass ich ins Handy schreien musste.

»Wir haben nach dir gesucht. Die Band hat sich getrennt.«

»Ich kann dich nicht hören. Hör zu, SexyHexy, du hast heute in diesem Drecksladen in Santa Monica einen Auftritt bestritten.«

»*Fron* - «

»Eugene Testarossas Partner war dort. Er will dich kennenlernen. Du schreibst mir also, wann du dich wieder zeigen wirst und er wird dort auftauchen. Tor! Du bist drin.«

»Vinny, ich kann nicht -«

»Schreib mir, Baby. Lieb dich.«

Er legte auf.

Was für ein Arschloch. Er geht nach Vegas für wie lange und jetzt wollte er plötzlich seine fünfzehn Prozent haben, obwohl ich mir meinen eigenen Auftritt hatte suchen müssen? Oh nein. Das würde nicht funktionieren. Ich schrieb ihm:

– Du bist gefeuert –

Ich hatte mich noch keinen Zentimeter in dem Auto bewegt, als er antwortete.

– Das kannst du verdammt nochmal vergessen. Du hast einen Vertrag unterschrieben –

– Die Band hat den Vertrag unterschrieben. Die Band hat heute Abend aber nicht gespielt. Ich war allein –

Dann dauerte es eine Weile, bis er mir wieder antwortete, woraufhin ich mich in meinem Sitz zurücklehnte und wartete, meine Nacht der Unterwürfigkeit vergessen.

– Viel Glück bei dem Versuch bei WDE mit einem Anruf durchzukommen –

Ich schaltete mein Handy aus. Ich wollte es in die nächste Ecke schmeißen, aber ich könnte mir keinen Ersatz leisten, wenn ich es in eine Million Teile zerschmettern würde. Er hatte Recht. Niemand bei WDE würde meinen Anruf entgegennehmen oder eine E-Mail von mir auch nur beachten. Die hatten sich bei Vinny gemeldet. Ich würde nicht einmal an der ersten Runde Assistenten vorbeikommen. Deren Job war es, Künstler auszusortieren. Ich könnte *Under My Skin* noch weitere hundert Mal singen und niemals wieder eine derartige Chance bekommen.

Ich hatte wahrscheinlich für fünfzehn Minuten aus dem Fenster gestarrt, bis ich mich damit abgefunden hatte, dass ich einen Manager hatte, den ich hasste und misstraute, und dass er von jetzt bis zu dem Moment, an dem ich meinen ersten

Grammy akzeptieren würde, einen riesigen Haufen Geld von mir verlangen würde.

Ich schmiss den Motor an, aber ich hatte vergessen, wohin ich unterwegs war. Dann machte sich der Bereich zwischen meinen Beinen wieder bemerkbar. Scheiße. Ich hatte einen Abend mit wildem Sex geplant, mit einem Weiberheld, der niedliche Frauen mochte, die total pleite waren. Und ich machte mir Gedanken über Mr. -Mülldeponie- Vinny. Der konnte mich mal. Ich hasste Los Angeles.

All das Geld und die Beziehungen.

Er kann ein wertvoller Freund sein.

Alles, was ich brauchte, war ein Anwalt, der den Vertrag für mich entwirren konnte, und ich war drauf und dran, einen Typen zu vögeln, der hundert von diesen gerissenen Anwälten auf der Kurzwahltaste haben musste. Alles, was ich machen musste, war, ihm zu erlauben, mich die ganze Nacht herumzukommandieren. Das Vergnügen war ganz auf meiner Seite.

Ich fuhr los und machte mich auf den Weg Richtung Griffith Park.

Es war falsch. Meine Mutter hatte mich nicht so erzogen. Sie hatte ein nettes Mädchen großgezogen, die mit ihrem Körper respektvoller umging als mit ihre Karriere. Allerdings wusste ich nicht, wer dieses Mädchen war oder was sie vom Leben erwartete. Ich wusste aber, wer ich war. Und das Einzige, was ich mehr wollte als Jonathan Drazens Körper, war es, einen Agenten von WDE an Land zu ziehen.

zwanzig

Die Häuser im Norden des Los Feliz Boulevard waren keine Traumhäuser. Ein Traumhaus in Los Angeles hatte vier Wände, ein Dach und vielleicht ein Heizungssystem, aber niemand konnte sich das leisten. Die Häuser in Griffith Park waren ein Ereignis an sich. Sie gehörten den privilegierten Menschen. Den Menschen, die mit einem goldenen Löffel im Mund geboren worden waren. Ich meinte auch nicht neureiche Rockstars oder Schauspieler. Wir reden hier von dem alten Geld. Treuhandvermögen, das von Generation zu Generation weitergegeben wurde. Zweihundertsiebzig Quadratmeter. Ein Palast hinter drei Meter hohen Hecken. Ich fuhr den kurvenreichen Weg nach oben. Da ich mir für diese Gegend noch nie Adressen angeschaut hatte, fühlte ich mich etwas verloren. Es war, als ob davon ausgegangen wurde, dass du wusstest, wohin du musstest, denn du gehörtest ja schließlich hierher.

Endlich fand ich die Adresse unter einem gigantischen Feigenbaum mit einem Messingschild daneben, das darauf hinweisen sollte, dass der Baum ein Naturdenkmal darstellte.

Das Tor öffnete sich für mich, woraufhin ich die Einfahrt hoch fuhr und neben dem Jaguar parkte.

Ich blieb im Auto sitzen und sah aufs Haus, während ich versuchte, mich davon zu überzeugen, dass ich noch immer die Wahl zwischen reingehen und nach Hause fahren, hatte. Das Haus war ein Kunstwerk, mit warmem Licht und dunklem Holz. Die Eingangsterrasse war so groß wie mein Wohnzimmer, die zu einer breiten, dicken Tür führte. Sie war geschlossen.

Ich atmete tief ein.

Unterm Strich: Er war heiß, er war charmant und er wollte das Gleiche wie ich. Wenn er denn nicht von mir verlangen würde, sein Badezimmer zu putzen. Ich brauchte Stunden, um ein Badezimmer zu putzen und seins würde ich sicherlich nicht anrühren.

Ich holte mein Handy aus meiner Tasche und rief Darren an.

»Hi«, sagte ich. »Wie war die Show?«

»Fantastisch. Was ist los?«

»Ich dachte, dass du es wissen solltest...« Ich schluckte schwer. »Ich habe Gabby in einem Taxi heimgeschickt.«

»Du hast was?«

»Sie hat die Schnauze voll davon, immer verfolgt zu werden.«

»Und wo bist du?« Er war verärgert.

»Griffith Park. Ich kann es dir später erklären.«

»Nein, erkläre mir jetzt, warum du eine Frau, die selbstmordgefährdet ist, allein nach Hause hast gehen lassen, wenn ihre Medikamente offensichtlich nicht wirken und sie das gleiche Verhalten zeigt, wie vor dem Tag, an dem du sie gefunden hast, während sie in dein Abwaschbecken geblutet hat.«

»Es geht ihr gut.«

»Das ist einfach unverantwortlich.«

Er legte auf, was mir sehr recht war. Ich wollte ihm nicht sagen, *warum* ich Gabby versetzt hatte.

Ich stieg aus und lief hoch auf die Terrasse. Buntglas umrahmte die Tür. Das Licht auf der anderen Seite der Tür wirkte hell und einladend. *Alles würde gut werden. Alles gut.*

Ich klopfe so zaghaft, dass er es nicht hätte hören können, außer er würde auf der anderen Seite der Tür auf mich warten. Ich musste sehen, ob er etwas anderes gefunden hatte, mit was er sich beschäftigen konnte oder ob er wirklich kaum erwarten konnte, mich zu sehen. Das könnte den Grundstein legen, ob ich ihn fragen könnte, für mich bei WDE anzurufen.

Die Tür öffnete sich sofort.

Er trug noch immer das gleiche Hemd und die Jeans, wie im *Frontage*. Seine Füße waren nackt und in seiner rechten Hand hielt er ein Glas, das Whiskey und Eiswürfel enthielt.

Ich stand mit meiner Tasche an meine Brust gedrückt vor ihm, was ihn nicht davon abhielt, mich anzuschauen, als ob er mich am liebsten lebendig verschlingen würde. Er lehnte am Türrahmen und wirbelte seinen Drink. »Ich dachte schon, dass du nicht kommen würdest. Ich habe mir schon darüber Gedanken gemacht, ob ich vielleicht meine Wirkung auf das weibliche Geschlecht verloren habe.«

»Das ist wirklich ein schönes Haus.«

Er pausierte und wartete. Trotz der Ablenkungen in der letzten halben Stunde war ich wieder bei dem Bedürfnis angelangt, seinen gesamten Körper mit meiner Zunge zu erforschen. »Wollen wir anfangen?«, fragte er.

»Ich stehe zu deiner Verfügung.«

Er nahm mir meine Tasche ab und stellte sie auf einen kleinen Tisch. »Dreh dich um.«

Ich drehte meinen Rücken zu ihm. Mein Auto stand in der Einfahrt, neben seinem, und das Tor zur Straße war geöffnet. Er presste den Knopf an einer kleinen Box, die er in der Hand hielt, und das Tor schloss sich.

Das Eis in seinem Glas klirrte und ich fühlte die Berührung seiner Hand unter meinem Nacken und wie er dann mein Kleid öffnete. »Jonathan.«

»Niemand kann dich sehen.«

Der Reißverschluss bewegte sich bis zum unteren Teil meines Rückens, bevor er das Material zur Seite schob. Die Träger fielen von meinen Schultern, als er mich mit seiner Hand, kalt von dem Drink, zwischen den Schulterblättern berührte. Er ließ sie zu meinem Nacken gleiten, dann über meine rechte Schulter, bis das Kleid runterrutschte und zu meinen Füßen landete. Ich fühlte, wie eine Brise über meine Haut streichelte. Er rutschte mit seinem Finger unter meinen BH-Träger. »Zieh das aus.«

Das machte ich, dann ließ ich den BH auf den Boden fallen. Er glitt mit sanften Bewegungen unter den Bund meines Höschens. Auch das wollte er aus dem Weg haben. Ich wusste es und ich gehorchte. Ich war, abgesehen von meinen Schuhen, nun völlig nackt, noch immer mit meinem Rücken zu ihm.

»Dreh dich zu mir um.«

Das tat ich. Noch nie in meinem Leben hatte ich mich so nackt gefühlt, wie in diesem Moment, während er sich die Zeit nahm, mich anzusehen.

»Hände hinter deinen Rücken.«

Ich war mir sicher, wenn mir irgendjemand anderes diesen vierten Befehl gegeben hätte, dass ich laut losgelacht hätte, aber er war nicht irgendjemand.

»Alles in Ordnung?«, fragte er, als er einen Schritt auf mich zu trat. Er legte das Glas an meine Lippen und neigte es. Wärme füllte meine Brust. Der Whiskey war gut. Der Single-Malt, den ich auch erwartet hatte.

»Es ist warm heute«, sagte ich.

Er kam mit seinem Gesicht näher an meins heran und flüsterte: »Infield Fly Regel, was ist das?«

Er küsste meinen Nacken, als ich antwortete.

»Wenn ein Spieler gezwungen wird zur dritten Base zu wechseln. Dies trifft auf alle Schläge zu, wo der Ball in der Baseline auftrifft und egal ob der Ball gefangen wird oder nicht, es bedeutet automatisch, dass der Schlagmann raus ist.«

»Warum?« Er biss mich, wo mein Hals in meine Schulter überging und ich zog scharf den Atem ein.

»Um die Spieler vor einem derartig vorsätzlichen Fehler zu schützen, der zu einem Double Play führen könnte.«

»Du bist so real.« Er betonte jedes Wort.

Er trank den letzten Schluck aus seinem Whiskeyglas und nahm einen Eiswürfel zwischen seine Zähne. Er kam mit seinem Gesicht näher an mich heran und drückte den Eiswürfel gegen meine Lippen. Ich saugte daran, nahm ihn auf und hielt ihn dann in meinem Mund.

Er ging einen halben Schritt nach hinten. Ich musste vielleicht einen Anblick bieten: nackt, abgesehen von den Schuhen, Hände hinter meinem Rücken und dem Eiswürfel in meinem Mund. »Und du bist atemberaubend«, sagte er, während er sein Glas hob. Er legte den kalten Boden gegen meinen Nippel und ich stöhnte, als dieser hart wurde. Daraufhin berührte er den anderen, kühlte ihn, bis auch dieser steinhart war.

Er lehnte sich nach vorne und wärmte meine Brust mit seinem Mund, saugte an der harten Knospe, bevor er mit seinen Zähnen sanft daran zog. Ich zog scharf die Luft ein, konnte meinen Mund aber nicht weiter öffnen, da ich sonst meinen Eiswürfel verlieren würde. Mir war klar, dass das keine Katastrophe im eigentlichen Sinne darstellen würde, aber ich wusste, dass die Spielregeln es verlangten, dass ich den Eiswürfel in meinem Mund behielt. All die Aufmerksamkeit, die er meinen Brüsten zukommen ließ, brachte mich zum Stöhnen und erweckte den Ort in meinem Schritt. Das Eis in meinem Mund schmolz dahin und tropfte mein Kinn herunter, auf meinen Hals, und bestritt dann einen feuchten Pfad bis zu meinem Bauch. Er leckte die Tropfen auf, die sich einen Weg zu meinen Brüsten gebahnt hatten und wärmte meine kühle Haut mit seiner Zunge. Als ich bereits dachte, dass ich keine weitere Minute dieser Aufmerksamkeit ertragen könnte, ohne dass vor lauter Erregung meine Beine nachgeben würden, richtete er sich auf, bedeckte meinen Mund mit seinem und nahm mir das Eis wieder ab.

Er zerknirschte es und sagte: »Komm rein.«

Ich trat über die Türschwelle und er schloss die Tür hinter mir. Das Wohnzimmer war makellos, mit dunklem Holz und persischen Teppichen. Die Bücherregale waren voll. Das gesamte Haus zeigte das totale Gegenteil von seinen kühlen Monstrositäten, die er Hotels nannte.

Jonathan stand vor mir und beobachtete meine Augen, wie diese jedes kleine Detail seines Hauses aufsaugten. Die

Gemälde. Das Buntglas. Die sauberen Ecken und die weichen Kissen. Er küsste mich erneut und da ich den Erlass für meine Hände vergessen hatte, schlang ich meine Arme um ihn herum. Seine Hände wärmten meinen Rücken. Seine Berührung war sicher und stark. Er küsste meine Wange und dann meinen Hals. »Geh nach oben. Dort ist ein Zimmer mit einer offenen Tür, in dem das Licht an ist. Setz dich ans Fußende von dem Bett. Ich werde hier unten abschließen.«

»Okay«, sagte ich, denn ich wollte nach so vielen Anordnungen, wieder einmal meine Stimme hören. Ich ging rückwärts, und er beobachtete mich, als ich mich umdrehte und die Treppen hochstieg.

Das Zimmer, das er im Sinn hatte, lag vor mir. Es gab andere Türen, aber die waren zu. Ich hörte, wie er unten mit den Schlössern und dem Licht kämpfte. Ich könnte in einen Raum reinschauen, nur einen, und dann sagen, dass ich auf der Suche nach dem Badezimmer gewesen war, aber die Idee dauerte nur so lange an, wie ich brauchte, um in dieses Zimmer mit der einen brennenden Lampe zu treten.

Ich setzte mich ans Fußende des Bettes. Es war wahrscheinlich ein Gästezimmer. Es gab keine Bilder, keinen persönlichen Touch, nur ein Hartholzbett und dazu passende handgefertigte Kommoden.

Er schien ewig zu brauchen und gerade als ich aufstehen wollte, um zu sehen, ob alles in Ordnung war, hörte ich ihn die Treppen raufkommen. Schritt für Schritt näherte er sich dem Zimmer.

Er war noch immer vollständig bekleidet und hatte eine Flasche Wasser in der Hand. Er hielt sie mir hin.

»Ich brauche nichts. Danke.«

»Du wirkst unbehaglich.«

»Du hast lange gebraucht.«

Er kniete sich vor mich hin und berührte mein Knie. »Das tut mir leid, Monica. Kannst du mir vergeben?«

Bevor ich ihm antworten konnte, küsste er die Innenseite meines Knies. »Ich denke schon«, sagte ich. »Solange du damit nicht aufhörst.«

Er sah zu mir auf, mit seinen grünen Augen und dem roten, verwuschelten Haar. Er bewegte seine Lippen meinen Oberschenkel hoch und spreizte meine Beine.

Ein Kribbeln lief auf der Innenseite meiner Schenkel entlang, als er mich dort mit seinen Händen berührte und seine Uhr minimal über meine bereits empfindsame Haut kratzte. Er nahm mein Bein hoch und ich fiel nach hinten, als er einen sanften Kuss auf meinen Venushügel platzierte.

»Ah, Jonathan«, flüsterte ich, während ich seine Haare streichelte. Er spreizte meine Schenkel noch weiter auseinander und beschenkte beide mit Küssen. Er ließ einen Finger in meine Feuchtigkeit gleiten und ich keuchte, während ich mich zur gleichen Zeit an heute Nachmittag und Sams Schreibtisch erinnert fühlte. Dieses Mal war es anders. Als ich zu ihm nach unten sah, waren seine Augen vor Intensität geschlossen, während er seine Zunge über meine Klitoris schnellen ließ. Ich war mir fast sicher, dass ich erneut seinen Namen gesagt hatte. Er wiederholte die Aktion mit seiner Zunge. Trotzdem war er so sanft. Als ob er nicht wollte, dass ich komme.

Als ob er meine Gedanken gelesen hätte, stand er auf, entledigte sich so schnell seiner Klamotten, dass ich nur eine Millisekunde dazu Zeit hatte seinen Körper, mit den hellen Haaren und der definierten Perfektion, zu bewundern. Er zog ein Kondom aus seiner Hosentasche und rollte es sich blitzschnell über seine Erektion. Dann quartierte er sich über mir ein, sein Schwanz steinhart und er war überall, nur nicht da, wo ich ihn brauchte. In mir. Wir küssten uns. Er schmeckte perfekt, nach Whiskey und Lust. Ich wollte ihn so sehr. Ich wollte jeden einzelnen Zentimeter von ihm. Er war gegen mich gepresst, genau da, wo ich ihn brauchte. Die Spitze seines Schwanzes küsste meinen Eingang. Ich bewegte meine Hüften, um ihn in mich zu bekommen, aber er zog sich zurück und hob seinen Kopf, um mich anzusehen.

»Bitte«, flehte ich.

»Noch nicht.«

Er ließ seinen Schwanz über mein Geschlecht gleiten, ohne in mich einzudringen. Er rieb seine Länge über meine

Klitoris und setzte dadurch Wellen der Lust in mir frei. Ich war so feucht und er schob sich einfach immer wieder vor und zurück. Ich spreizte meine Beine soweit es mir möglich war und passte mich seinen Bewegungen an. Ich könnte auf diese Weise zum Orgasmus kommen, aber das wollte ich nicht. Ich wollte ihn in mir spüren. Es würde sich wie Selbstbefriedigung anfühlen, wenn sein Schwanz nicht gleich dahin käme, wo er hingehörte.

»Bitte«, wiederholte ich.

»Noch nicht.«

»Gott, Jonathan. Was willst du?« Meinem Geschlecht verlangte es nach ihm. Es fühlte sich nicht leer an. Es war bis zum Anschlag angefüllt, ein pulsierender und vor Verlangen pochender Ort.

»Ich will, dass du mich willst«, sagte er.

»Das tue ich. Mein Gott, das tue ich doch.«

Als Antwort darauf presste er sich härter gegen mich, verstärkte den Druck, ohne dass er in mich stieß. »Nein, tust du nicht. Noch nicht genug.«

Ich wusste, was er wollte und ich war bereit, es ihm zu geben. »Bitte. Ich flehe dich an. Ich flehe. Ich tue, was du willst. Ich kann für dich sein, was auch immer du willst. Aber bitte - «

Er stieß seinen Schwanz mit einer Wildheit in mich hinein, die mich schockierte und mein letztes Wort in einen Schrei verwandelte. Er hielt für einen Moment inne, als wäre er von seinem eigenen gewalttätigen Stoß überrascht worden.

»Hör nicht auf«, stöhnte ich. »Lass mich nicht noch einmal betteln müssen.«

Er vergrub sein Gesicht an meinem Hals und fickte mich, stieß in mich, presste seinen Körper mit jedem Stoß gegen meinen Kitzler, bis ich es nicht mehr ertragen konnte. Dann stoppte er.

»Was?«, keuchte ich.

»Du willst kommen?«

»Ja. Verdammte Scheiße nochmal, ja.«

»Ich will dich betteln hören.«

»Fick dich.« Ich drückte gegen seine Brust. Ich loderte innerlich, so nah an einem Orgasmus, dass es mir fast nicht möglich war, zusammenhängende Gedanken zu bilden. Er stieß einmal in mich rein, dann stoppte er erneut. Er löste eine Kombination von Empfindungen zwischen meinen Beinen aus, dann nichts. Ich sah ihn an. Er genoss es, und er könnte dieses Spielchen, solange er wollte, fortsetzen.

»Bitte, fick *dich*.«

»Nah dran.« Er stieß wieder zu, ein Vorgeschmack auf das, was ich haben könnte. Er bewegte sich langsam, zu langsam, schnell genug, um mich in diesem verzweifelten Zustand zu behalten, aber nicht schnell genug, um mich zum Höhepunkt zu bringen. Ich schob eine Hand zwischen meine Beine und er reagierte, indem er meine Handgelenke schnappte und sie mit seinem ganzen Gewicht gegen die Matratze drückte, während er sich wieder langsam in Bewegung setzte.

Ich hatte noch nie etwas Vergleichbares gespürt. Es war kein Orgasmus, denn ich hatte keine Art von Erfüllung erlebt, sondern nur die explodierenden Nervenenden und die pulsierende Hitze zwischen meinen Beinen. Ich schwitzte überall. Haarsträhnen klebten mir im Gesicht, aber seine Hände hielten meine nach unten gedrückt.

»Ich will kommen«, stöhnte ich.

»Ich will, dass du kommst.«

»Dann lass mich. Bitte.« Ich sagte die Worte so sanft, ich war mir nicht einmal sicher, dass er sie gehört hatte. »Bitte. Bitte. *Bitte...*« Mit jedem weiteren *Bitte* wurde ich verzweifelter und leiser. Während der letzten Bitte zog er sich aus mir zurück, bevor er wieder mit einem Stoß in mich eindrang. Und dann noch einmal, bis sich vor meinen Augen alles in ein heißes Rot verwandelte. Ich sagte seinen Namen immer und immer wieder, wurde schlaff in seinen Armen und trotzdem wollte der Orgasmus nicht aufhören. Sein Mund war an meinem Ohr und ich konnte sein Stöhnen hören, als mein Orgasmus schließlich versiegte . Seine Arme festigten sich um mich herum, versteiften sich, als er kam. Mit jedem andauernden Stoß, rasselte ein kehliges *ahh* durch seine Kehle.

»Heilige Scheiße«, flüsterte er an meinem Hals.

»Dankeschön«, hauchte ich. »Dankeschön.«

Er stützte sich auf seine Ellbogen und küsste mein Gesicht, beginnend bei meinem Kinn, über meine rechte Wange, zu meiner Stirn, runter zu meiner linken Wange und wieder zurück zu meinem Kinn. Seine Augen fanden kurz die Uhrzeit.

»Die Sonne geht 5:30 Uhr auf. Du gehörst für weitere vier Stunden mir ganz allein.«

»Ich glaube nicht, dass ich weitere vier Stunden davon überleben werde.«

»Verkauf dich nicht unter Wert.« Er rollte sich von mir herunter und wir starrten an die Decke, während wir unserem Atem erlaubten, wieder unter Kontrolle zu kommen.

Noch nie zuvor hatte ich etwas Derartiges erlebt. Nicht mit Kevin und schon gar nicht mit Darren. Ich hatte ja keine Ahnung, dass ich mich so lange am Abgrund festhalten konnte oder dass so viele Abgründe existierten. Auch wusste ich nicht, dass es mir möglich war, jemand anderem die Kontrolle über meine Sinne zu geben.

Ich hatte das Gefühl, als müsste ich nach dem Orgasmus für Stunden schlafen oder dass ich für einen Monat keinen Sex mehr brauchen würde, aber keins von beidem entsprach der Wahrheit. Ich fühlte mich so lebendig und ich wollte dieses Gefühl wieder erleben.

»Wohin fliegst du morgen?«, fragte ich.

»Korea. Ich baue in Seoul ein Hotel.«

»Kann ich dir eine Frage stellen?«

»Oh je.«

»Dein Haus. Alles hier ist ein Original und deine Hotels sind...so weiß und steril.«

»Dieses Haus ist vor hundert Jahren für eine Familie entworfen worden. Es ist als ein Zuhause entworfen worden. Die Menschen wollen in einem Hotel das Gefühl haben, dass sie weit von zu Hause weg sind.«

»Richtig. Das macht Sinn.«

»Ich habe vorhin schon gedacht, dass du vorhast, mich sitzenzulassen.«

»Ich bin von meinem Manager aufgehalten wurden. Ex-Manager. Dieses Arschloch.« Ich legte meinen Kopf auf seine Schulter und ließ meine Finger über seine Brust streifen. Ich konnte meine Finger nicht von ihm lassen.

»Dieser Typ, der einfach verschwunden ist?«

Ich stützte mich auf meine Ellbogen und küsste seine Schulter und dann runter zu seiner Brust. Ich konnte hinter dem Schimmer des Schweißes, der sich durch den Sex im Zimmer verteilt hatte, noch immer einen leichten Hauch seines Duftwassers wahrnehmen. »Dieser Typ von WDE war heute im *Frontage* und hat ihn angerufen. Sein Boss will mich sehen. Aber ich habe Vinny gefeuert und jetzt will er mir den Kontakt nicht vermitteln.«

»Warum hast du ihn gefeuert?«

»Weil er ein Arschloch ist. Ich werde schon allein einen Weg finden, um Testarossa dazu zu bringen, meinen Anruf anzunehmen.« Ich bahnte mir mit meinen Lippen und meiner Zunge einen Weg nach unten zu seinem Bauch, über seine Hüftknochen. Ich war schon wieder erregt. Er legte seine Hände auf meine Schultern.

»WDE? Gehört Arnie Sanderson, oder?«

Arnie Sanderson gehörte WDE und er war die am schwersten zu erreichende Person auf der Welt. Sogar seine eigenen Klienten mussten für einen Anruf einen Termin vereinbaren und andere idiotische WDE Klienten, die zu den bestbezahlten Leuten in der Unterhaltungsbranche gehörten, hatten diesen Typ noch nie getroffen.

»Arnie Sanderson. Yeah«, sagte ich. Jonathans Schwanz war wieder hart.

»Ich werde ihn für dich anrufen.«

»Ich bin nicht kurz davor deinen Schwanz zu lutschen, nur damit du einen Anruf für mich tätigst.«

»Und ich mache diesen Anruf nicht, damit du meinen Schwanz lutschst. Also, jetzt wo wir das geklärt haben, kannst du fortfahren?«

Ich sah zu ihm auf. Er hatte ein breites Grinsen auf dem Gesicht und legte einen Arm unter seinen Kopf. Ich leckte mit dem flachsten Teil meiner Zunge über die Länge seines Schwanzes. Als ich an seiner Spitze angekommen war, nahm ich die gesamte Länge in mich auf und schob ihn meine Kehle runter.

Er hauchte ein tiefes *ahh* und sagte: »Wo hast du das gelernt?«

»In der Schule für darstellende Künste und Musik in Los Angeles«, sagte ich. »Sie haben mir beigebracht, wie ich meine Kehle öffnen muss, um zu singen. Dann hat mir Kevin Wainwright beigebracht, wie ich seinen Schwanz da runter bekomme.«

Er lachte. »Ich würde gerne der gesamten Kunstschule von L.A. und Kevin *Wie-auch-immer-er-hieß* für diesen Moment danken.«

Ich konnte nicht anders, als ihn anzugrinsen, was mich allerdings von der offensichtlichen Aufgabe abhielt. »Ich mag dich, Jonathan.«

»Das kann ich nur zurückgeben, Monica.«

einundzwanzig

Wir brachen ungefähr halb sechs vor Erschöpfung zusammen. Zwei Stunden später wachte ich mit einem wunden Geschlecht und einem trockenen Hals auf. Jonathans Arm lag über mir. Seine Atemzüge kamen in einem schweren, langsamen Rhythmus. Ich sah ihn an, während er schlief und hatte das erste Mal die Gelegenheit, ihn genau zu studieren. Seine kupferfarbenen Wimpern flatterten unter den sanft geschwungenen Augenbrauen. Verblasste Sommersprossen sprenkelten seine Nase. Er war wirklich wunderschön und als ich ihn nun so ansah, da wusste ich, dass ich mich sehr leicht in diesen Mann verlieben könnte. Ich lief an einem Abgrund entlang, schon während ich mir erlaubte, ihn so lange anzusehen.

Ich schlüpfte unter seinem Arm hervor und machte mich daran, meine Klamotten zu finden.

Mein Kleid und meine Unterwäsche lagen über einem Stuhl an der Tür und rochen nach dem Whiskey und der frischen Terrassenluft von gestern Abend. Ich zog alles an und ging dann in die Küche, um mir etwas Wasser zu holen.

Ich sah auf den Garten hinaus, mit den dunkelgrünen Möbeln und dem bohnenförmigen Pool, während ich von meinem Wasser trank. Ich spielte die vergangene Nacht erneut in meinem Kopf ab, was sich als schwierig herausstellte, denn ab einem gewissen Punkt verschwamm alles zu Haut, Schweiß und Orgasmen . Ich hatte seinen Namen bestimmt hunderte von Malen ausgesprochen. Zu Beginn hatte ich ihn angefleht, mich zu ficken, und geendet hatte es mit dem Orgasmus, den er bis zur Unendlichkeit hinausgezögert hatte. Als er mir endlich erlaubt hatte zu kommen, musste der Orgasmus gefühlte fünfzehn Minuten angedauert haben.

Das erste Mal als er mit solch einer Gewalt in mich eingedrungen war, hatte es sich fast so angefühlt, als wollte er mich zum Schweigen bringen. Als ob er sagen wollte: »nimm das, aber bitte hör auf zu reden.«

Bitte. Ich flehe dich an. Ich flehe. Ich tue, was du willst. Ich kann für dich sein, was auch immer du willst. Aber bitte -

Ich wollte den Satz mit ›*hör nicht auf*‹ beenden, aber in einer anderen Situation, wenn die Liebe deines Lebens aus der Tür lief, könnte der Satz auch mit einem ›*verlass mich nicht*‹ enden.

Das Geräusch eines Handys brachte mich wieder ins Hier und Jetzt. Ich hatte eine lebendige Vorstellungskraft. Das Handy klingelte erneut. Ich wusste nicht, ob es meins war, aber ich fand die Quelle des Geräuschs auf der Arbeitsfläche in der Küche, angeschlossen an eine Steckdose. Jonathans Handy und das Display zeigten nach oben.

Der Anrufer: *Jess.*

Ex-Frau.

Scheiße.

Ich kippte das restliche Wasser meine Kehle runter und stellte das Glas ins Waschbecken. Ich musste gehen. Ich wollte nicht in die Mitte, von was auch immer das hier war, geraten.

»Guten Morgen«, sagte er, und sein Gesichtsausdruck verriet mir, dass er noch nicht vollkommen wach war, aber ich genoss, wie sich sein T-Shirt über seinen perfekten Körper stretchte.

»Ich habe mir ein Glas aus dem Regal genommen und ein wenig Wasser von dem kleinen Ding, dass in der Tür des Kühlschrankes stand. Ich habe ihn nicht einmal richtig aufgemacht.« Er zuckte mit den Schultern und ich beruhigte mich wieder. Er schien sich nicht so zu fühlen, als hätte ich mir zu viele Freiheiten herausgenommen.

»Kann ich dir Kaffee machen?«, fragte er. »Ich kann dir auch Rührei machen, wenn du willst.«

»Nein, mir geht's gut.«

Als ich das Glas ausspülte, trat er hinter mich, küsste mich auf den Nacken und fummelte an meinem Reißverschluss herum. »Wollen wir einen erneuten Versuch wagen?«

»Die Sonne steht am Himmel«, scherzte ich. Ich wollte ihn noch einmal. Auf der Arbeitsfläche. Auf dem Boden. Seine Lippen streichelten sanft über mein Ohrläppchen, woraufhin ich meinen Kopf nach hinten lehnte.

Er öffnete den Reißverschluss von meinem Kleid. »Du wirst mich wieder anflehen müssen. Du bist sehr gut darin.« Er küsste meinen Rücken. Das wollte ich. Ich wollte danach schreien, nur noch ein einziges Mal, bevor er zu einer bloßen Erinnerung werden würde. Er strich mein Kleid mit einer perfekten Berührung, die irgendwo zwischen bestimmt und sanft einzuordnen war, von meinen Schultern. Wahrscheinlich wie die Berührung des Schlüsselbeines, welche an seinem Hochzeitstag für alle Ewigkeit mit einer Kamera festgehalten worden war.

»Dein Telefon hat geklingelt«, sagte ich. Zu dumm. Eine weitere Runde wäre wirklich nett gewesen, aber jetzt war es zu spät.

»Es klingt doch immer.« Er schob seine Hand in mein Kleid und berührte meine Brüste, während meine Nippel bereits für ihn hart wurden.

Das Handy meldete sich erneut. Seine Lippen verließen mich und ich wusste, dass er drauf starrte. Seine Hände fielen von mir ab und ich fühlte den plötzlich aufgetretenen, kühlen Lufthauch im Raum. Ich räusperte mich.

»Ich glaube, ich muss da rangehen«, sagte er und schob meinen Reißverschluss wieder nach oben.

»Sicher«, flüsterte ich. »Meine Schuhe sind oben.«

Ich lief zur Tür und als ich zurück sah, entfernte er das Ladekabel vom Handy. Ich glaubte sogar gesehen zu haben, dass seine Hände gezittert hatten. Aber genau konnte ich es nicht sagen.

Ich hob meine Schuhe vom Boden im Schlafzimmer auf und ging zurück in die Küche. Er saß auf der Terrasse, die zum Garten rausführte, mit den Ellbogen auf den Knien, sein Handy war an sein Ohr gepresst, während er auf die Steinplatten vor sich starrte. Seine Hände gestikulierten, aber ich konnte ihn nicht hören. Es ging mich auch nichts an.

»Leb wohl, Jonathan«, sagte ich, bevor ich durch die Eingangstür verschwand.

***

Du kannst mich auf Pinterest, Tumblr, Twitter, Goodreads und Instagram finden.

Um auf dem Laufenden zu bleiben, suche *CD Reiss auf Facebook*.

Bei Fragen: cdreiss.writer@gmail.com.

Und, falls du irgendwelche Gefühle hattest, während du das Buch gelesen hast, die du gerne teilen möchtest, dann würde ich mich über eine Rezension sehr freuen.

Oh, und registriere dich für den Newsletter.

www.ingramcontent.com/pod-product-compliance
Lightning Source LLC
Chambersburg PA
CBHW061456210726
48287CB00007B/2540